Art Buchwald

Nix wie Ärger mit Computern

Art Buchwald

Nix wie Ärger mit Computern

und andere
Leidensgeschichten
vom Segen
des Fortschritts

Scherz

Erste Auflage 1987.
Einzig berechtigte Übersetzung
aus dem Amerikanischen von Hardo Wichmann.
Titel des Originals: «You Can Fool All of the People All the Time».

Schutzumschlag von Graupner & Partner
unter Verwendung einer Zeichnung
von Klaus Puth, Offenbach.

Bestseller: Man nehme ...

Neulich ging ich am Zimmer meines Sohnes vorbei und hörte ihn tippen.

«Na, was treibst du denn da?» fragte ich.

«Ich schreibe meine Memoiren – wie es war, dein Sohn zu sein.»

Das fand ich erfreulich. «Hoffentlich komme ich in dem Buch gut weg.»

«Und ob», sagte er. «Sag mal, Papa, wie oft, meinst du, soll ich sagen, daß du mich in die Scheune geschleppt und mit dem Gürtel vermöbelt hast?»

«Ich habe dich nie in die Scheune geschleppt und mit dem Gürtel durchgewalkt! Wir haben noch nicht einmal eine Scheune.»

«Wenn sich das Buch verkaufen soll, meint mein Lektor, soll ich groß erzählen, wie du mich verhauen und in den Schrank gesperrt hast, wenn ich unartig war.»

«Ich habe dich nie eingesperrt, wenn du unartig warst.»

«Weiß ich ja, aber mein Lektor will Geschichten, wie sie Gary Crosby und Christian Crawford über ihre Eltern schrieben. Er sagt, die Leserschaft wolle etwas über dein Privatleben erfahren, nicht über dein Image in der Öffentlichkeit. Alle jungen Leute schreiben im Augenblick solche Bücher und landen Bestseller. Hättest du etwas dagegen, wenn ich dich als ekligen Vater hinstellte?»

«Muß das denn sein?»

«Aber klar. Ich habe zehntausend Dollar Vorschuß bekommen, und mit solchen Summen rückt der Verlag nur raus, wenn man seine Eltern so richtig durch den Wolf dreht. Du solltest mal das zweite Kapitel lesen. Da gebe ich wieder, wie du bei einer Veranstaltung erst alle zum Lachen brachtest, dann betrunken heimkamst, uns alle aus den Betten warfst und uns zwangst, den Fußboden zu schrubben.»

«Du weißt genau, daß das nicht stimmt.»

«Komm schon, Papa, ist doch nur ein Buch. Mein Lektor findet das irre – fast so gut wie Kapitel drei, in dem ich dich Mutter verprügeln lasse.»

«Du behauptest, ich hätte deine Mutter verprügelt?»

«Ich sage ja nicht, daß du sie ernsthaft verletzt hast. Aber ich berichte, daß wir Kinder uns immer unter der Bettdecke verkrochen, damit wir ihre Schreie nicht zu hören brauchten.»

«Ich habe sie nie angerührt.»

«Das kann ich nicht rauslassen. Mein Lektor sagt, kein Mensch legte 15,95 Dollar für einen Schmachtschinken hin.»

«Na schön, hab ich dich halt mit dem Gürtel vertrimmt und deine Mutter mißhandelt. Was habe ich dir sonst noch angetan?»

«Im Kapitel vier komme ich auf Sex zu sprechen. Meinst du, die Leute glauben mir, wenn ich erzähle, du hättest öfters nachts um drei Revuegirls mit heimgebracht?»

«Ganz bestimmt. Aber findest du nicht, daß das selbst in einem Bestseller etwas zu weit geht?»

«Der Vorschlag stammt vom Lektorat. Da du als Frauenheld nicht gerade berühmt bist, wäre das für den Leser eine Mordsüberraschung. Schaden kann das nicht.»

«Dir nicht, aber meinem Ruf!» schrie ich ihn an. «Hast du in deinem Buch denn gar nichts Positives über mich zu sagen?»

«Ich schrieb ein Kapitel, in dem du mir mein erstes Fahrrad kaufst, aber das warf der Lektor raus. Es stifte nur Verwirrung, meinte er, nach der Szene, in der du mir zu Weihnachten eine Schüssel Kartoffelbrei über den Kopf stülpst, weil ich widerborstig war.»

«Warum schreibst du nicht, daß ich dich wegen einer Drei in Mathe unter die kalte Dusche stellte?»

«He, tierisch gute Idee! Ich sage dann, ich hätte Lungenentzündung bekommen und du hättest dir noch nicht mal die Mühe gemacht, mich im Krankenhaus zu besuchen.»

«Du machst also deinen guten Vater für zehntausend Dollar zum Ungeheuer?»

«Pa, es geht mir ja nicht ums Geld. Wenn ich alles rauslasse, sagt mein Lektor, werde ich vielleicht von Barbara Walters in ihrer großen Talk-Show interviewt. Dann brauche ich nicht mehr in deinem Schatten zu leben.»

«Dann schreibe meinetwegen weiter, wenn es dir so viel bedeutet. Kann ich dir irgendwie helfen?»

«Tja, da wäre eine Sache. Könntest du mir vielleicht einen Wortprozessor spendieren? Wenn ich nämlich mit dem Schreiben schneller vorankomme, erscheint das Buch noch vor Weihnachten. Ich gebe dir dann das Geld zurück, sobald mein Agent die Filmrechte verkauft hat.»

Verbraucherberatung

Das Landwirtschaftsministerium gab bekannt, daß die Kosten der Aufzucht eines in diesem Jahr geborenen Kindes bis zum Erreichen seines achtzehnten Lebensjahres 80 260 Dollar betragen werden.

Dies kam meinem Freund Carter Brown, dessen Frau bald ein Kind erwartet, so ziemlich aus der Luft gegriffen vor. Daher begab er sich ins Ministerium, um sich zu erkundigen, was er denn so für sein Geld bekäme.

«Muß ich denn wirklich 80 260 Dollar hinlegen, bis mein Kind achtzehn ist?» fragte er den Mann hinterm Schalter.

«Das wäre noch ein Schnäppchen», erwiderte der Mann. «Vor achtzehn Monaten gingen wir von 134 414 Dollar aus, allerdings unter Berücksichtigung einer Inflationsrate von acht Prozent. Unsere derzeitige Zahl basiert auf Null-Inflation.»

«Und was schließen diese achtzigtausend ein?»

«Gerade die Minimalpositionen: siebzehntausend für Ernährung, siebenundzwanzigtausend für Wohnraum, dreizehntausend für öffentliche Transportmittel, und der Rest ist für ärztliche Versorgung und Schuhe.»

«Zahnregulierung haben Sie bei Ihrer Schätzung wohl nicht eingeplant?» fragte Brown.

«Soll das ein Witz sein?» Der Mann lachte schallend. «Wenn wir komplizierte Zahnbehandlungen mit einkalkulierten, schaffte sich niemand mehr ein Kind an!»

«Ersparen Sie mir die Überraschungen und verraten Sie mir, welche andere Posten Sie bei Ihrem Bericht ausgeklammert haben.»

Der Mann warf einen Blick auf seine Liste. «Nun, in den

Kinderjahren werden Sie wohl innerhalb des Achtzigtausend-Dollar-Rahmens bleiben können. Doch sobald aus Ihrem Sprößling ein Teenager wird, könnte Ihre Finanzplanung ernsthaft aus dem Lot geraten.»

«Wie zum Beispiel?»

«Im Bericht des Ministeriums nicht enthalten sind: Unabdingbarkeiten für Teenager wie Stereoanlagen, Kinobesuche, Rockkonzerte, Sportgeräte, Computer, Wochenendpartys, Gitarrenunterricht, Weihnachtsgeschenke und Versicherung.»

«Warum die Auslassungen?» wollte Brown wissen. «Die kommen mir so unabdingbar vor wie Nahrung, Wohnraum und Fahrkarten.»

«Sie gelten uns nur als Optionen. Manche Eltern ziehen ihr Kind als Standard-Version auf, andere stecken ihm zu, was der Markt zu bieten hat.»

«Wenn ich also den Grundpreis von achtzigtausend Dollar berappe, um im Lauf der nächsten achtzehn Jahre ein Kind großzuziehen, und dazu die von Ihnen erwähnten Extraposten, ist damit auch garantiert, daß etwas aus ihm wird?»

«Mit dem Preis ist keinerlei Garantie verbunden. Ihr Geld, Ihr Risiko. Wir garantieren nicht mehr, daß das Kind lesen und schreiben kann, wenn es achtzehn ist. Ehrlich, Sie können von Glück sagen, wenn es freiwillig den Rasen mäht oder einmal pro Woche abwäscht. Und wenn Sie sich einbilden, daß es für lumpige achtzigtausend selbst sein Zimmer aufräumt, leben Sie im Wolkenkuckucksheim.»

«Eine hohe Investition für einen geringen Ertrag.»

«Das Landwirtschaftsministerium empfiehlt Ihnen ja auch nicht, Kinder zu bekommen. Es ist lediglich unsere Aufgabe, bekanntzugeben, wieviel die Aufzucht kostet. Achtzigtausend Dollar, das ist nur die offizielle Zahl. Die anderen Posten, die ich Ihnen verriet, sind inoffiziell und basieren auf meiner Erfahrung als Vater dreier Teenager.

Verschwiegen habe ich die Kosten für Ferngespräche während der ersten achtzehn Jahre, weil ich Ihnen keine Angst einjagen wollte.»

«Wenn ich also alle Extras dazuaddiere, komme ich leicht auf zweihunderttausend Dollar», sagte Brown.

«Gut überschlagen – es sei denn, Ihre Frau und Sie müßten während der Erziehung psychiatrische Hilfe in Anspruch nehmen.»

«Nun, zweihunderttausend ist wohl noch eine tragbare Investition, wenn man ein Kind bis zum achtzehnten Lebensjahr durchbringen will.»

«Praktisch geschenkt», meinte der Mann vom Ministerium. «Wenn Ihr Kind erst einmal achtzehn ist, müssen Sie noch einmal soviel blechen, um es aufs College zu schicken.»

Nebenberuf: Pädagoge

Wenn in den Vereinigten Staaten von einer Bildungskatastrophe die Rede ist, schiebt jeder gerne den Lehrern die Schuld zu. Aber so einfach geht das nicht. Nach vier Jahren Seminar und Sonderkursen beträgt das jährliche Durchschnittsgehalt eines Lehrers 17000 Dollar. Und weil viele Lehrer nebenbei schwarzarbeiten müssen, um zurechtzukommen, fehlt ihnen der Schlaf, um im Unterricht alert zu sein.

Dies wurde mir kürzlich klar, als ich meinen Neffen zum Essen ausführte.

«Guck mal», sagte er, «das ist mein Englischlehrer.»

«Wo denn?» fragte ich.

«Der Ober im Frack, der da gerade auf uns zukommt.»

«Das ist dein Englischlehrer?»

«Aber klar. Hi, Mr. Peterson.»

«Guten Abend, Michael», sagte Peterson zu meinem Neffen. «Was führt dich mitten in der Woche hierher, wo doch morgen Schule ist?»

«Mein Onkel führt mich aus, weil ich Geburtstag habe. Wie habe ich denn heute bei der Englischarbeit abgeschnitten?»

«Ich bin noch nicht zum Korrigieren gekommen. Wir hatten eine große Gesellschaft von Lobbyisten des amerikanischen Bankenverbands, und die hielt mich auf Trab. Was möchtest du bestellen?»

Michael studierte die Speisekarte und meinte: «Wie steht's mit Austern ‹Rockefeller›?»

«Austern ‹Rockefeller› stehen nicht, Michael. ‹Wie sind die Austern ‹Rockefeller› heute›, solltest du sagen.»

«Nun, wie sind sie?»

«Ich würde sie empfehlen.»

«Okay, dann zieh ich sie mir mal rein.»

«Michael, Austern ‹Rockefeller› zieht man nicht rein. Man kann sie nur essen.»

«Aber Mr. Peterson, verderben Sie mir meinen Geburtstag doch nicht.»

«Tut mir leid, Michael, ich vergesse, daß mir als Kellner solche Kritik nicht zusteht.»

«He, Mr. Peterson, der Mann in der weißen Jacke mit dem schmutzigen Geschirr, ist das nicht Mr. Alfredo, unser Physiklehrer?»

«Korrekt. Im Augenblick ist er Bedienungshilfe, aber sobald er seinen Grad in Biophysik hat, wird er bestimmt Kellner. Der Wirt hier hat viel Glück mit dem Lehrkörper der hiesigen High School. Als ehemaliger Schüler ist er bemüht, so viele wie möglich von uns zu beschäftigen. Miss Bellows, deine Mathematiklehrerin, steht an der Garderobe, und Mr. Fallows, der Sportlehrer, arbeitet in der Bar als Rausschmeißer.»

«Fühlt man sich nicht erniedrigt, wenn man nachts Kellner und am Tag Lehrer ist?» fragte ich Peterson.

«Je, ich verrate keinem, daß ich tagsüber schwarz als Lehrer arbeite. Wenn man die Leute wissen läßt, daß man Lehrer ist, meinen sie, man schmarotze nur Steuergelder. Sagt man aber, daß man kellnert, finden sie, daß man etwas Vernünftiges tut.»

«Als Lehrer hat man's nicht leicht», merkte ich an.

«Es könnte schlimmer sein. Die meisten Kollegen von der Herbert Hoover High School schieben im National Airport Nachtschicht bei einer Frachtgesellschaft. Da fallen nie Trinkgelder ab.»

Nachdem wir unsere Bestellung aufgegeben hatten, fragte ich Michael: «Ist er ein guter Lehrer?»

«Überdurchschnittlich. – Du kennst doch John Hanrahan, den Typen, mit dem ich Football spiele? Tja, er und seine

Eltern haben rausgekriegt, daß Mr. Dubois, sein Französischlehrer, an einer Tankstelle arbeitet. Dubois vergaß, an ihrem Auto den Tankdeckel wieder aufzuschrauben, und Johns Eltern waren so sauer, daß sie den Schuldirektor anriefen und seine Entlassung verlangten, weil sie nicht wollten, daß ihr Sohn Französisch von einem Mann lernt, der noch nicht einmal als Tankwart etwas taugt.»

«Und flog Dubois raus?»

«Nein, denn dem Direktor war am Abend zuvor an der gleichen Tankstelle derselbe Fehler unterlaufen.»

Wir beendeten unsere Mahlzeit und baten Peterson, uns ein Taxi zu besorgen.

«Kein Problem», meinte er. «Ich rufe Mrs. Thompson, Michaels Werklehrerin. Die wartet schon den ganzen Abend lang auf einen Fahrgast.»

Ärger mit dem Heimcomputer

Den Heimcomputer-Firmen geht es miserabel. Es wäre tröstlich, das den Japanern in die Schuhe zu schieben, aber die kamen in diesen Markt ja nie so richtig rein.

Einer der Gründe, weshalb das Geschäft in Schwierigkeiten geriet, hängt mit dem weiblichen Geschlecht zusammen. Frauen wissen den Wert eines Heimcomputers noch immer nicht zu schätzen und seine Fähigkeit, das Leben leichter zu machen.

Als ich meinen brandneuen Computer aufbaute, wollte meine Frau wissen, weshalb ich ihn eigentlich gekauft hatte.

«Dieses Gerät wird unser Leben verändern. Es wird unsere Steuererklärung machen.»

«Das hat der Steuerberater schon erledigt.»

«Na gut, dann berechnen wir sie halt nächstes Jahr», sagte ich. «Auf dieser Maschine können wir auch unsere Haushaltskosten kalkulieren. Wenn du mir alle Rechnungen besorgst, fange ich an, sie einzuprogrammieren.»

«Das ist doch wohl nicht dein Ernst. Es dauert drei Monate, bis ich alle unsere Rechnungen gefunden habe. Nimmst du mir ab, daß wir 1982 zehntausend Dollar mehr ausgegeben haben, als du verdient hast?»

«Gut, gebe ich das halt in den Computer ein.»

«Und was hat der Computer dazu zu sagen?»

«Daß wir zehntausend mehr ausgegeben haben, als ich heimbrachte. Laß mich doch mal dein Scheckbuch nachprüfen. Gib mir alle Kontrollabschnitte.»

«Wozu denn das?»

«Vielleicht hat sich der Bankcomputer geirrt. Dann tragen wir unseren Computerausdruck zum Bankdirektor.»

Sie kam zurück, knallte mir ihre Scheckbücher auf den Tisch und stürmte aus dem Arbeitszimmer.

Drei Stunden später war sie wieder da. «Na, wie kommst du voran?»

«Ich bin gerade beim ‹Lord & Taylor›-Abschnitt im März. Soweit ist alles korrekt. Soll ich dir einen Terminkalender für die nächste Woche aufstellen? Was hast du in den nächsten Tagen vor?»

«Am Donnerstag bin ich beim Friseur angemeldet.»

«Gut. Ich gebe diese Information jetzt in den Computer ein, und wenn du wissen willst, was am Donnerstag ansteht, schiebst du nur diese Diskette in den Schlitz, betätigst CODE, drückst auf diesen Knopf hier, und schon weißt du, daß du am Donnerstag zum Friseur mußt.»

«Das weiß ich auch so.»

«Meinetwegen, lassen wir den Terminkalender. Machen wir im Haus Totalinventur.»

«Um elf Uhr in der Nacht?»

«Warum denn nicht? Wenn alles erst einmal auf Diskette gespeichert ist und es brennt, wissen wir genau, was wir verloren haben.»

«Und wenn der Computer auch verbrennt?»

«Natürlich bewahren wir die Diskette nicht im Haus auf. Ich lege sie in mein Büro, und der Ausdruck kommt in unseren Banksafe.»

«Und was kann der Computer noch?»

«Ich kann ein landesweites Netzwerk anzapfen und mich mit jedem unterhalten, der über ein kompatibles Kommunikations-Terminal verfügt.»

«Das geht am Telefon genauso. Du hast mir immer noch nicht verraten, weshalb du diesen Kasten gekauft hast.»

«Für die Kinder, wenn du es unbedingt wissen willst. Junge Leute heutzutage müssen sich mit Computern auskennen.»

«Unsere Kinder sind erwachsen und wohnen schon längst nicht mehr bei uns.»

«Man weiß nie, ob sie nicht doch wieder heimkommen.»

Der Computer steht immer noch in meinem Arbeitszimmer, aber ich benutze ihn nicht so häufig, wie ich mir das vorgestellt hatte. Eines Abends schloß ich Freundschaft mit einem Mann aus Minneapolis, doch gerade, als wir uns näher kennenlernten, zitierte ihn seine Frau ins Bett.

Lagerbesprechung

«Mein Sohn, was willst du diesen Sommer unternehmen?»
«Ins Ferienlager gehen.»
«Und in was für ein Lager?»
«Einfach in ein Lager.»
«Da mußt du dich aber deutlicher ausdrücken. Soll der Schwerpunkt auf Kunst und Kunsthandwerk liegen, auf Musik, Baseball oder Gewichtsverlust?»
«Eigentlich wollte ich in ein ganz normales Lager.»
«‹Normales Lager›, was soll das bedeuten?»
«Du weißt schon, eins, in dem man Kanu fährt, Volleyball spielt und am Lagerfeuer sitzt.»
«Und was willst du in einem solchen Lager lernen?»
«Gar nichts.»
«Das ist doch der Gipfel! Welcher junge Mensch geht heutzutage in ein Lager, bloß um sich zu vergnügen? Ich bin bereit, dich in ein Mathe-Camp zu schicken, damit du deine Noten verbesserst, und würde dir sogar ein Tennis-Lager spendieren, damit du im nächsten Jahr in die Schulmannschaft aufgenommen wirst. Und wenn dir das nicht paßt, schicke ich dich in ein Spanisch-Lager, in dem nur Spanisch gesprochen wird. Wäre doch großartig, wenn du eine Fremdsprache lerntest.»
«Ich will aber in kein Lager, in dem man etwas lernen muß.»
«Was für eine erbärmliche Einstellung! Gehen wir doch einmal die Anzeigen in der Sonntagszeitung durch. Schau, das hört sich interessant an – ein Astronauten-Lager. Ihr absolviert ein echtes Trainingsprogramm für Weltraumfahrer und simuliert sogar einen Flug im Spacelab.»

«Ich hab aber keinen Bock aufs Astronauten-Camp.»

«Na schön, wie wär's dann mit einem Theater-Camp? Ihr führt eure eigenen Stücke und Musicals auf und baut sogar Kulissen.»

«In welches Lager bist du eigentlich gefahren, als du noch jung warst, Vater?»

«Zum Camp Watikan.»

«Und worauf war das spezialisiert?»

«Auf nichts Besonderes. Wir hatten damals nicht die Chance, unsere Fußballtechnik zu perfektionieren, Roboter bauen zu lernen oder das Paarungsverhalten von Muscheln zu studieren. Am Ende waren wir auch nicht klüger als vor der Anreise.»

«Siehst du, in so ein Lager will ich.»

«Kommt nicht in Frage. Du hast einen scharfen Verstand, und ich lasse nicht zu, daß der den Sommer über brachliegt. Außerdem: Was soll ich meinen Freunden sagen, wenn sie mich fragen, in welches Spezial-Lager du gefahren bist?»

«Was du denen erzählst, ist mir egal. Ich will nur irgendwohin, wo man in Hütten schläft und am Feuer Marshmallows ißt und sich nachts Kissenschlachten liefert.»

«Genug von diesem Gerede. Werden wir mal ernst. Hier gibt es ein Lager, in dem du in BASIC, COBOL und PASCAL programmieren lernst. Und in der Abschlußwoche baust du deinen ersten eigenen Mikrochip. Brauchst gar nicht den Kopf zu schütteln – Computerwissen ist für deine Generation unerläßlich. Okay, wie wär's mit diesem hier? Ein Camp mit Schwerpunkt Kfz-Mechanik. Alle Werkzeuge und Ersatzteile stehen zur Verfügung, und am Ende des Sommers bekommst du einen Gesellenbrief. Reizt dich das denn gar nicht? Was hältst du von einem Landwirtschafts-Lager? Da lernst du alles, was man wissen muß, um Schweine zu schlachten und zu Pökelfleisch und Schinken zu verarbeiten.»

«Ich will aber nicht wissen, wie man Schinken macht.»

«Hier, das sollte dich doch packen: ein Geologie-Lager. Ihr sammelt Steine und lernt dabei die Erdgeschichte kennen.»

«Ist nicht drin.»

«Hast du eine Ahnung, was ein Sommerlager für Jugendliche heutzutage kostet? Fast soviel wie eine Privatschule. Ich denke nicht daran, einen Lageraufenthalt zu finanzieren, bei dem nichts Konkretes herauskommt.»

«Dann vergiß das Ganze halt. Ich hab keine Lust auf ein Lager.»

«He, mal langsam. Hier ist ein Camp für lagermüde Jugendliche.»

«Und worauf ist das spezialisiert?»

«Das verschweigt die Anzeige. Dort steht nur, der Leiter sei ein ehemaliger Fallschirmjäger, der Bergstämmen beibrachte, mit Giftpfeilen auf jeden zu schießen, der nachts den Ho-Chiminh-Pfad zu begehen versuchte.»

Ruf doch mal wieder an – mit Mordgedanken

Gewöhnlich passiert es abends um zehn oder elf, wenn Sie vielleicht im Bett liegen oder vor dem Fernseher oder in der Badewanne sitzen. Das Telefon klingelt und klingelt. Ihnen fällt ein, daß die Kinder ausgegangen sind, und Sie brechen sich fast den Hals bei dem Versuch, an den Apparat zu kommen.

«Hallo!» schreien Sie in die Muschel.

Und dann hören Sie diese Stimme (meist männlich, sie kann aber auch weiblich sein): «Hier Polsterer Noppisch. Wenn Sie neue Bezüge für Ihre Sitzmöbel oder Vorhänge fürs Wohnzimmer brauchen, nennen Sie nach dem Piepton Ihre Rufnummer. Morgen kommt dann unser Einrichtungsberater bei Ihnen vorbei.»

Sie sind gerade das Opfer einer obszönen Telefonwerbung geworden.

So wie Postwurfsendungen erreichen solche Anrufe inzwischen jeden Haushalt in Amerika. Niemand ist davor gefeit, aus tiefem Schlaf geweckt, vom Essenstisch geholt oder gar beim Zeugen eines Kindes gestört zu werden, solange der obszöne Telefonwerber irgendwo in einem dunklen Zimmer seine Dienstleistungen und Abonnements anpreist und versucht, Ihnen Spenden für wohltätige Zwecke oder politische Parteien ab- und Goldmünzen, Versicherungen oder gar Telefone zu Sonderpreisen aufzuschwatzen.

Es ist aber kein Mensch, der da anruft, sondern ein obszöner Computer, darauf programmiert, loszuplappern, sowie er Ihre Stimme vernimmt, und gleich weiterzuwählen, sobald Sie aufgelegt haben.

Auch wer nicht im Telefonbuch steht, entgeht dem obszönen Telefoncomputer nicht. Der wählt nämlich eine Nummer nach der anderen an und läßt von dreißig oder vierzig Tonbändern seine widerwärtigen Sprüche los.

Wie kann man sich an diesem orwellianischen Frankenstein rächen?

Eine Lösung existiert. Sie erfordert Geduld und ein wenig Detektivarbeit, aber passen Sie auf, wie ich es kürzlich einem dieser obszönen Telefonwerber heimzahlte.

Anstatt dem Computer einfach den Hörer aufzulegen, hörte ich mir den ganzen Spruch an. Die Stimme bat mich, auf einen Piepton hin eine Zeitschrift zu abonnieren, und bot mir dabei die Chance, hunderttausend Dollar bei einem Preisausschreiben zu gewinnen. Ich schrieb mir den Titel der Zeitschrift auf.

Tags darauf kaufte ich mir ein Exemplar und suchte den Namen des Verlegers heraus. Dann rief ich bei der Redaktion an und sagte, ich hätte einen Blumengruß an die Gattin des Verlegers zu senden, wüßte aber seine Privatadresse nicht. Die Sekretärin gab sie mir, und im Telefonbuch fand ich seine Nummer in New Rochelle.

An diesem Abend wartete ich bis Mitternacht und ließ dann meinen ersten Anruf los.

«Hi!» sagte ich munter. «Hier Auspuff-Röhr. Wir würden Ihnen gerne einen unverbindlichen Kostenvoranschlag für unseren neuesten Schalldämpfer machen – volle Garantie für die Lebensdauer Ihres Wagens. Diese Gelegenheit können Sie sich unmöglich entgehen lassen –» Der Verleger legte auf.

Ich wartete eine halbe Stunde und wählte dann wieder. «Hoffentlich störe ich nicht, aber wir führen für das Akne-Institut eine Befragung über Pickel durch. Haben Sie in New Rochelle Verwandte oder Bekannte, die unter Hautunreinheiten leiden?» Er legte wieder auf.

Nun rief ich alle halbe Stunde an. Ich erzählte ihm, ich sei Versandhändler für Dachziegel; versprach ihm einen Kasten Hundefutter zum Selbstkostenpreis, wenn er mir den Namen des ersten Präsidenten der Vereinigten Staaten nennen könne; fragte ihn, ob er Kunstdünger für seinen Rasen bräuchte und ob er Interesse an steuerfreien mexikanischen Staatsanleihen habe.

Um vier Uhr hatte ich ihn zum Wahnsinn getrieben.

«Warum tun Sie mir das an?» kreischte er.

«Weil Sie», sagte ich in meinem obszönsten Tonfall, «uns das gleiche antun. Wenn Sie Ihren verfluchten Telefoncomputer abstellen, höre ich auf, Ihre Nummer zu wählen.»

«Ich rufe die Polizei an!» brüllte er.

«Nach dem Piepton bitte», sagte ich zu ihm.

Und ich hätte schwören können, den Verleger am anderen Ende der Strippe heulen zu hören.

Wenn Sie meinem Beispiel folgen wollen: nur zu! Und wenn Sie in der Nacht nicht an den Großmotz und Instigator der widerlichen Anrufe herankommen, rufen Sie ihn einfach stündlich in seinem Büro an.

Und da die Regierung nichts gegen solche obszönen Anrufe unternimmt, muß sich der Bürger selbst zu seinem Recht verhelfen. Es ist an der Zeit, daß jede Amerikanerin und jeder Amerikaner ins Telefon brüllt: «ICH PIEP AUF IHREN SCHROTT! MIR REICHT'S!»

Einkauf über die Unterschwelle

Laut Zeitungsberichten werden neuerdings unterschwellige Botschaften in die Hintergrundmusik in Kaufhäusern eingefügt, um die Kundschaft zum Kauf zu motivieren. Mehrere Firmen stellen für ihre Auftraggeber Tonbänder mit Geheimbotschaften her, die auf das Gehirn des Einkaufenden wirken und ihn unbewußt motivieren, etwas zu erstehen, das er eigentlich gar nicht kaufen wollte.

Ich stand diesen Informationen sehr skeptisch gegenüber, bis ich eine Shopping-Galerie besuchte. Als Hintergrundmusik ließ man Weihnachtslieder laufen, um die Leute in festliche Stimmung zu versetzen.

Ich blieb stehen, um mir ein Lebkuchenherz zu kaufen, als ganz plötzlich etwas von mir Besitz ergriff. Als der Lautsprecher «Es ist ein Ros' entsprungen» plärrte, platzte ich auf einmal mit dem Wort «Unterwäsche» heraus. Alles in der Schlange starrte mich an. Ich packte den Mann hinter mir am Revers und sagte: «Ich brauche unbedingt Unterwäsche.»

Er stieß meine Hände weg. «Warum stellen Sie sich dann nach Lebkuchenherzen an? Gehen Sie doch zum Herrenausstatter!»

Ich jagte durchs Einkaufszentrum und hielt einen Wächter in Uniform an. «Unterwäsche!» schrie ich ihn an. «Ich will Unterwäsche!» Er war nicht ganz sicher, ob er mich festnehmen oder mir den Weg zeigen sollte. Am Ende verwies er mich an ein großes Herrenbekleidungsgeschäft am Ende der Galerie.

Dort standen zwei grinsende Verkäufer an der Tür. Einer sagte zum anderen: «Da kommt schon wieder einer.» Dann, ehe ich ein Wort herausbekam, meinte er: «Dritte Theke links, aber Sie müssen sich eine Nummer ziehen und warten, bis Sie drankommen.»

Die Abteilung für Unterwäsche war von kreischenden, brüllenden Menschen belagert. Zu meinem Nebenmann sagte ich: «Vielleicht ist alles ausverkauft, bis meine Nummer aufgerufen wird. Was fang ich nur an, wenn ich keine Unterwäsche kriege?»

«Brauchen Sie die denn so dringend?»

«Im Grunde nicht, aber als ich mich nach einem Lebkuchenherz anstellte, überkam mich plötzlich dieses Verlangen nach Unterwäsche.»

«Ich kam ins Zentrum, um mir eine Pizza zu holen, und mir ging es genauso.»

Meine Nummer wurde aufgerufen. Ich kaufte fünfzig Unterhosen mit Schlitz und fünfzig Unterhemden. Mehr wollte man nicht an mich abgeben.

Ich verließ das Geschäft und schaute einem Künstler zu, der Kohlezeichnungen von Kindern machte. Während ich ihn bei seiner Arbeit beobachtete, sang jemand aus dem Lautsprecher «Jingle Bells».

Und in meinem Gehirn blitzte das Wort «Wok» auf. Mein Blick wurde verzweifelt; ich begann nach einem Laden zu suchen, der Woks führte. Ich hastete auf die Dame am Informationsstand zu, aber ehe ich mit meiner Frage herausplatzen konnte, sagte sie: «Woks sind im Tiefgeschoß des Kaufhauses am Ende des Gebäudes erhältlich.»

«Woher wissen Sie, daß ich einen Wok will?»

«Wenn ‹Jingle Bells› läuft, wollen alle Woks.»

«Soll das heißen, daß ‹Jingle Bells› einen geheimen Appell enthält?»

«Aber sicher. Heute geht es um Woks, morgen ist Bohnerwachs dran.»

«Ich brauche aber keinen Wok», protestierte ich.

«Wenn Sie sich die Ohren zuhalten, bekommen Sie die Botschaft nicht mit.»

«Und was kommt nach ‹Jingle Bells›?»

Sie schaute auf ihren Plan. «‹White Christmas› und Heimcomputer.»

«Mit einem Heimcomputer kann ich auch nichts anfangen.»

«Das meint jeder, bis er Bing Crosbys Stimme hört.»

«Muß ich nun ein Lebkuchenherz kaufen?»

«Kommt drauf an. Nach ‹White Christmas› ist ‹Stille Nacht› an der Reihe, und dann gibt es einen wilden Ansturm auf handgeknüpfte chinesische Läufer.»

Hi-Tech-Jobs

Es hat den Anschein, als hätten Uni-Absolventen noch immer die besten Chancen in der Hi-Tech-Industrie. Der Haken ist nur, daß die meisten Hochschulabsolventen keine Ahnung haben, wie man sich für einen Hi-Tech-Job bewirbt.

Als Rod Beaver kürzlich von einer Einstellungsbesprechung zurückkam, war er sehr entmutigt.

«Der Personalchef hat nur drei Minuten für mich übrig gehabt und dann gemeint, ich sei nicht qualifiziert.»

«Selbstverständlich warst du nicht qualifiziert», sagte sein Onkel, der bei IBM arbeitet, zu ihm. «Guck doch mal deine Kleidung an. Du trägst einen dunkelblauen Anzug, ein weißes Hemd und eine konservative Krawatte. Außerdem bist du glattrasiert. Bewirbt man sich so um eine Stelle in der Hi-Tech-Industrie?»

«Das versteh ich nicht», meinte Beaver. «Ich wollte einen guten Eindruck machen.»

«Mit weißem Hemd und Krawatte macht man in dieser Branche keinen guten Eindruck.»

«Ich dachte, bei IBM müsse jeder dunklen Anzug, Hemd und Krawatte tragen.»

«Das galt früher einmal, als es wichtig war, adrett auszusehen. Wenn du Vertreter werden willst, kannst du dich so kleiden, aber wenn du es aufs große Geld als Programmierer oder in der Forschung abgesehen hast, traut man dir nicht, wenn du zu schnieke daherkommst.»

«Was hätte er denn anhaben sollen?» fragte Beavers Mutter.

«Ein Polohemd, Jeans, offene Sandalen. Interesse weckst du nur, wenn du wie ein spinnertes Genie aussiehst. Ihr

Jungen bildet euch ein, ihr bräuchtet nur so aufgedonnert bei einer Hi-Tech-Firma anzutanzen und hättet schon Eindruck geschunden. Von wegen. Die suchen Leute, die aussehen, als verstünden sie etwas von Computern.»

«Ich habe was Passendes im Kleiderschrank und heute nachmittag noch ein Einstellungsgespräch.»

«Laß dir erst einmal einen Bart stehen. Manager in Hi-Tech-Firmen haben etwas gegen Glattrasierte. Und laß dir eine Zeitlang die Haare nicht schneiden. Wenn du die Aufmerksamkeit des Personalchefs wecken willst, mußt du aussehen wie ein Gorilla.»

«Muß er denn unbedingt einen Bart haben?» fragte die Mutter.

«Der Bart könnte den Unterschied zwischen fünfundzwanzigtausend und fünfundvierzigtausend im Jahr bedeuten», erwiderte der Onkel.

«Und was sage ich dem Personalchef?» fragte Rod.

«Nicht viel. Paß auf, ich spiele jetzt den Personalchef. Zuerst würde ich dich fragen, ob du froh wärst, für das Unternehmen zu arbeiten.»

«Jawohl, Sir. Es war schon immer mein Traum, Mitarbeiter eines solchen Unternehmens zu sein.»

«Falsche Antwort. Du sagst, du hättest keine Ahnung, wärst aber bereit, es einmal zu versuchen. Und du wolltest auch nicht unter Erfolgsdruck gesetzt werden. Und es soll dir keiner im Rücken sitzen und nachzählen, wie viele Stunden du runterreißt.»

«Muß er denn so muffig sein?» fragte Rods Mutter.

«Die jungen Leute warten zu Hunderten auf Jobs bei Hi-Tech-Firmen, und alle Unternehmen halten nach den muffigen Ausschau, die sich nicht rumkommandieren lassen wollen.»

«Wie soll Rod einen guten Eindruck auf die Kunden der Hi-Tech-Firma machen, wenn er muffig ist und zottelig aussieht?» wollte seine Mutter wissen.

«Wenn er den Job kriegt, bekommt er nie einen Kunden zu sehen. Die Leute von der Forschung und Entwicklung werden in einem gesonderten Gebäude in Käfigen gehalten, und man steckt ihnen ein- oder zweimal am Tag eine Banane durch die Gitterstäbe.»

Rod dankte seinem Onkel für den Rat und kehrte einen Monat später zurück, um zu verkünden, daß er einen Job bei Apple Computers gelandet hatte. «Ich habe mich genau an das gehalten, was du mir geraten hast, und man war so beeindruckt von meinem Aussehen und meiner Muffigkeit, daß man mir den Vorzug vor zwei Absolventen der Stanford Business School – feiner Verein – gab und noch ein Surfbrett dazu, damit es mir im Büro nicht langweilig wird.»

Gipfelwirtschaft

Wie verlief der Wirtschaftsgipfel in Williamsburg?

Nicht besser und schlechter, als zu erwarten stand.

Als der französische Präsident François Mitterrand abstieg, erkundigte er sich nach der Natur des für ihn bereitgestellten Bettes. Ein großes, erklärte der Mann am Empfang, Kingsize im amerikanischen Kolonialstil. Ausgeschlossen, rief Mitterrand. Er könne nur 275 Dollar in französischen Franc ausgeben und sich gerade ein Feldbett leisten. Sein Sparprogramm zu Hause geriete in Gefahr, wenn bekannt würde, daß er in einem Riesenbett nächtige.

Der Mann vom Empfang versicherte ihm nervös, Feldbetten seien in Williamsburg nicht erhältlich. Der japanische Premier, der wartete, sich nach Monsieur Mitterrand anzumelden, empfahl sich still zu einem Telefon und rief Tokio an, um seinen Wirtschaftsminister davon zu unterrichten, daß in Williamsburg Feldbetten knapp seien. Sony solle sofort mit der Produktion beginnen. Der Minister versicherte Mr. Nakasone, mit dem Eintreffen der Feldbetten könne bis Montag gerechnet werden.

Als nächster traf der kanadische Premierminister Pierre Trudeau ein. Er trug einen dicken gelben Plastikmantel und einen Regenschirm, um zu betonen, daß der einzige Grund für seine Teilnahme an der Konferenz der saure Regen sei. Als man ihm zu verstehen gab, das Hotel nähme keine kanadischen Dollar an, drohte Mr. Trudeau mit Abreise.

Zum Glück befand sich Bundeskanzler Kohl in der Hotelhalle und erbot sich, Mr. Trudeau DM zu leihen, die sich gegen Kanadas Guthaben beim Internationalen Währungsfonds verrechnen lassen.

Italiens Premier wurde um Vorauskasse gebeten, und als er Reiseschecks der Vatikanbank produzierte, bezeichnete der Mann am Empfang diese als ungültig. Und als der Premier versetzte, die Reiseschecks seien inzwischen von der Bank von Italien garantiert, meinte der Kassierer: «Eben darum nehmen wir sie nicht an.»

Der italienische Premier war schon bereit, die Konferenz eingeschnappt zu verlassen, als ein Vertreter der Kreditkartengesellschaft «American Express» ihn fragte, ob er bereit sei, sich für einen Werbespot im Fernsehen zur Verfügung zu stellen. Er habe lediglich zu sagen: «Wahrscheinlich kennen Sie mich nicht, aber ich bin der italienische Premierminister. Am Wirtschaftsgipfel darf ich nur teilnehmen, weil ich eine American-Express-Karte bei mir trage.»

Der Premier stellte sich in der Hotelhalle vor die Kamera und wurde anschließend sofort auf sein Zimmer geführt.

Für Margaret Thatcher gab es am Empfang kein Problem. Präsident Reagan hatte angewiesen, sie in englischen Pfund bezahlen zu lassen, um ihre Chancen zur Wiederwahl in Großbritannien zu verbessern.

Mittlerweile machte der japanische Premier Nakasone Aufnahmen von allen Möbelstücken im Kolonialstil der Williamsburg Inn, damit seine Leute daheim in Tokio sie kopieren und dann den US-Markt mit ihnen überschwemmen konnten.

Bundeskanzler Kohl wurde in sein Zimmer geleitet, wo er auf dem Tisch eine Schale Obst und das Modell einer Pershing-II-Rakete in einem Sektkühler vorfand, komplett mit einer Grußkarte: «Davon haben wir Unmengen auf Lager – Herzlichst, Ronnie und Nancy.»

Nachdem sich alle frisch gemacht hatten, begaben sie sich zur Tafel, wo Präsident Reagan den Vorsitz führte.

Präsident Mitterrand kam sofort zur Sache.

Er sagte, der Grund für die weltweite Rezession seien die hohen amerikanischen Zinsen und das enorme US-Haushaltsdefizit. Präsident Reagan erwiderte, letzteres sei das Vermächtnis vierzigjähriger demokratischer Mißwirtschaft und Verschwendungssucht und ließe sich nicht über Nacht ändern.

Mrs. Thatcher sagte, an der hohen Arbeitslosigkeit in ihrem Lande seien die französischen Bauern schuld, die den Gemeinsamen Markt mit billigem Geflügel und Artischocken überschwemmten.

Der Bundeskanzler grummelte, die Briten subventionierten ihre Kohle- und Stahlexporte in die Vereinigten Staaten und nähmen Westdeutschen Arbeitsplätze weg.

Der italienische Premierminister beschuldigte die Franzosen, italienischen Wein nicht zu trinken, sondern auf die Straßen zu kippen.

Premier Trudeau weigerte sich während des Festessens, seinen gelben Regenmantel abzulegen, und warnte alle anderen Regierungschefs vor dem Trinkwasser.

Und während sich die anderen die ganze Mahlzeit über zankten, fotografierte Premier Nakasone weiterhin das Williamsburger Porzellan und Glas. Nach seiner Heimkehr beabsichtigte er, die Bilder bei Mitsubishi zu zeigen und zu fragen, ob der Konzern in der Lage sei, die Ware zum halben Preis herzustellen.

«Heiliger Vater»

Gleich nachdem der Papst von Krakau zum Rückflug nach Rom gestartet war, trat das Zentralkomitee der polnischen KP zu einer Sondersitzung zusammen.

«Schön», meinte einer der Mächtigen. «Wer kam auf die glanzvolle Idee, den Papst Polen besuchen zu lassen?»

Jemand wies auf Panowski.

Panowski hob die Hände. «Ich dachte, das sei dem Fremdenverkehr förderlich. Sie müssen zugeben, daß wir überall auf der Welt eine großartige Presse hatten.»

«Ganz besonders in Moskau», warf ein Mitglied ein. «Ist Ihnen eigentlich klar, was Sie da angerichtet haben, Panowski? Sie haben den ganzen Solidaritäts-Pöbel wieder zusammengebracht, auf den Straßen Demonstrationen abhalten lassen, und wir mußten den Ausnahmezustand aufheben.»

«Wie sollte ich wissen, daß es im Land so viele Katholiken gibt?»

«Sie hätten uns fragen können, Panowski. Wären Sie so freundlich, uns zu erklären, wie Sie uns in diesen Schlamassel gebracht haben?»

«Na ja, im letzten Winter rief der Vatikan an, und der Mann an der Leitung sagte, der Papst hätte Lust, seine Heimat zu besuchen. Ich dachte mir, er wollte nur zu seinem Geburtsort fahren und im Kloster ein paar Tage ausspannen. Daß er dem polnischen Volk eine Botschaft überbringen wollte, konnte ich nicht ahnen.»

«Und Sie glauben, daß der Papst nur in der Weltgeschichte herumreist, um Ausschau nach Urlaubsorten zu halten?»

«Daß er eine Messe lesen würde, dachte ich mir ja, rechnete aber nicht damit, daß jemand käme.»

«Es sind ja auch nur zehn Millionen erschienen, Panowski.»

«Es haben aber nicht alle die Kommunion empfangen.»

«Ich glaube, Sie übersehen den springenden Punkt, Panowski. Vor dem Papstbesuch hatten wir die Gewerkschaften unter Kontrolle, die Bevölkerung war entmutigt, hatte den Kampfgeist verloren, und wir schienen die Lage in der Hand zu haben. Jetzt sieht alles anders aus, und wir sind wieder auf dem Nullpunkt. Der Papst hat alle erneut motiviert, und das können wir zu diesem Zeitpunkt ganz und gar nicht gebrauchen.»

«Gut, dann habe ich seine Anziehungskraft als spirituelle Leitfigur unterschätzt. Fehler machen wir alle einmal.»

«Sollen wir das Moskau erzählen?»

«Warum brauchen wir uns vor Moskau überhaupt zu rechtfertigen? Wir sind ein souveräner Staat.»

«Sicher, bloß hat die Sowjetunion sechs Millionen Soldaten an unserer Grenze stehen. Sie lassen sich besser eine gute Ausrede einfallen, wenn der Kreml hier anruft, und das kann jeden Augenblick passieren.»

«Warum sagen wir nicht einfach, es sei ein Wirtschaftsbesuch gewesen – polnische Schinken im Tausch gegen Getreide aus dem Vatikan?»

«Nach den Sprüchen, die er von der Kanzel abgelassen hat, nehmen uns die Sowjets das schwerlich ab.»

«Wir könnten auch vorgeben, die Westpresse habe den Besuch aufgebauscht und zu einem Spektakel gemacht, um ihre aggressiven Pläne gegen die Warschauer-Pakt-Staaten voranzutreiben.»

«Das klingt besser, aber noch nicht gut genug. Die Sowjets werden wissen wollen, weshalb er überhaupt eingeladen wurde.»

«Weil wir harte Devisen brauchen, um russisches Erdöl zu kaufen?»

«Panowski, das kauft Ihnen keiner ab.»

Das Telefon ging.

«Das ist der Kreml, Panowski. Warum gehen Sie nicht dran?»

«Hallo, ja, Genosse. Hier Zentralkomitee. Ehe Sie etwas sagen: Er ist abgereist. Wir haben ihn aus dem Land geworfen, ehe er Schaden anrichten konnte... Nein, nein. In Polen herrscht Ruhe und Frieden. Glauben Sie denn, daß ein einziger Pfaffe die glorreiche polnische KP bedrohen könnte?... Wer hat Ihnen weisgemacht, das ganze Land sei auf den Beinen gewesen, um ihn zu hören?... Das ist eine vom CIA verbreitete Desinformation. Der Mann brachte es noch nicht einmal fertig, eine kleine Kirche zu füllen. Ein paar alte Weiblein kamen und guckten sich ihn an. Da haben Sie mein Wort... Bitte, so hören Sie doch... wir brauchen keine Truppen... Er hat hier niemanden beeinflußt... so wahr mir Gott helfe!»

Das Geheimnis des Defizits

Eines Morgens erklomm ich das Washington-Monument, um mit dem großen Wirtschaftsorakel zu sprechen. Ich legte eine parfümierte Schale mit Gummibärchen zu seinen Füßen nieder.

Der Meister schob sich eins in den Mund. «Sehr schmackhaft.»

«Hausgemacht», erwiderte ich und kniete mich in den Staub.

«Was führt dich über diesen weiten Weg hierher, mein Sohn?» fragte er.

«Verwirrung», antwortete ich. «Ich kam, das Geheimnis des Haushaltsdefizits zu erfahren.»

Der Meister fuhr sich über den kahlen Schädel. «Haushaltsdefizite bergen kein Geheimnis. Wer mehr ausgibt, als er verdient, muß borgen, was er schuldet.»

«Das ist mir auch bekannt. Doch die Frage, die zu stellen ich kam, lautet: Was unternimmt man gegen ein Defizit, das so hoch ist, daß alle Weisen im Lande uneins sind, wie es zu beschneiden sei?»

«Die Geistreichsten weichen beim Anblick des Defizits erschrocken zurück. Wenn die Mittelmäßigen ein Defizit sehen, glauben sie halb an seine Existenz. Die Niedrigsten, mit dem Defizit konfrontiert, brechen in herzhaftes Gelächter aus.»

«Doch wie bewegt man die Niedrigsten, die Haltung der Geistreichsten einzunehmen?»

«Das ist in einem Wahljahr unmöglich», sprach der Meister und steckte sich noch ein Gummibärchen in den Mund.

«Und warum, o Weiser?»

«Weil die für das Defizit Verantwortlichen nicht eingestehen, daß es von Übel ist, und weil jene, die die Verantwortung von sich schieben, das Defizit brauchen, um die Verursacher anzugreifen. Im Handbuch der Politik steht geschrieben, daß man in einem Wahljahr von Defiziten redet, aber nichts gegen sie unternimmt.»

«Wie das, Meister?»

«Weil Maßnahmen gegen Defizite Schmerzen bereiten. Und wer an die Regierung kommen will, muß versprechen, niemandem weh zu tun.»

«Werden die Schmerzen nicht später noch ärger, wenn man jetzt nichts gegen das Defizit unternimmt?» fragte ich.

«Ein weiser Herrscher spricht nie von kommender Pein, wenn es um seinen Thron geht.»

«Wie lange kann man mit Defiziten leben, ehe die Schmerzen einsetzen?»

«Das hängt von ihrer Höhe ab. Ein Jahr, vielleicht auch zwei, womöglich für alle Ewigkeit.»

«Weiß der Herrscher das denn nicht?»

«O doch. Aber die Wahrheit klingt nicht schön. Und schöne Worte sind nicht wahr. Herrschen über ein großes Land, das ist wie das Kochen eines kleinen Fisches.»

«Was bedeutet das?»

«Keine Ahnung, aber es hört sich gut an.»

«Meister, können wir wieder auf die Defizite kommen? Manche sagen, man müsse zu ihrer Reduzierung die Steuern erhöhen und den Verteidigungshaushalt kürzen. Andere sind der Ansicht, die Sozialausgaben sollten eliminiert und die derzeitigen Steuerlasten unverändert bleiben. Wer hat recht?»

«Mit solchen Einfältigkeiten schinden Ungebildete bei Wahlversammlungen Eindruck. Sie haben nicht genug Gummibärchen mit Lakritzgeschmack mitgebracht.»

«Ich bitte um Vergebung, Meister. Ihrer Auffassung nach kann also gegen die Defizite nichts unternommen werden, wenn in einem Land Wahlkampf ist?»

«Nichts von Substanz. Man muß sich den Staatshaushalt als lieblichen Fluß vorstellen. Die Defizite gleichen dem Schnee in den Bergen, den niemand sieht. Kommt der Frühling, schmilzt der Schnee und wird zu Wildwasser; der Fluß schwillt an und schwemmt alles hinweg, was der Mensch erbaut hat, und überm Land herrscht Depression.»

«Sie hören sich an wie Martin Feldsteen», sagte ich.

«Feldstein, wenn ich bitten darf», versetzte der Meister zornig. «Merken Sie sich das.»

Pressegeheimnisse

Als Journalist werde ich andauernd von Opfern gefragt, was denn ihre Rechte seien, wenn sie mit Leuten von den Medien reden.

Ich will das Problem mit Hilfe eines Frage-und-Antwort-Spiels angehen, obwohl ich dabei Gefahr laufe, meinen Presseausweis loszuwerden.

Frage: Wenn mich ein Reporter vor meinem Haus anhält oder mir ein Mikrophon vor die Nase hält oder mich mitten in der Nacht anruft – inwieweit bin ich verpflichtet, mit diesem Menschen zu reden?

Antwort: Sie haben das Recht zu schweigen, Sie haben auch das Recht, dem Reporter sein Mikrophon ins Ohr zu schieben, und Sie haben das Recht, den Hörer aufzulegen.

F: Stehe ich dann nicht schlecht da, wenn der Reporter abends im Fernsehen sagt: «Mr. Blau weigerte sich, aus seinem Haus zu kommen und mit uns zu reden»? Oder wenn der Reporter schreibt: «Unsere Zeitung versuchte erfolglos, Mr. Blau zu erreichen»?

A: Nicht unbedingt. Der Zuschauer oder Leser mag zu dem Schluß kommen, daß der Reporter wegen Nachlässigkeit keinen Kommentar von Ihnen bekam.

F: Wovor muß ich beim Umgang mit den Medien auf der Hut sein?

A: Vor dem freundlichen jungen Reporter mit dem herzhaften Händedruck, der sich gleich nach Ihrem Namen erkundigt und behauptet, er sei nur gekommen, um Ihre Version zu hören, und der blauäugigen Reporterin, die Sie an Ihre Tochter erinnert. Diese beiden machen Sie in ihren Stories zur Schnecke, ganz anders als der ergraute, knurrige

Veteran, der sich längst keinen Namen mehr machen will und allen Ehrgeiz, ein Woodward oder Bernstein zu werden, aufgegeben hat.

F: Wer ist am unangenehmsten, die Leute von der Zeitung oder die vom Fernsehen?

A: Schwer zu sagen. Presseleute haben mehr Zeit, ehe sie ihre Story abfassen, und können sich daher in aller Ruhe bei Ihnen einschmeicheln. Sie ziehen Ihnen alles mögliche aus der Nase, von Ihrer Hobbygärtnerei bis zu Ihrer persönlichen Bekanntschaft mit allen Gangsterbossen von Cleveland. Fernsehreporter hinwiederum stehen unter Zeitdruck, ihr Band rasch ins Studio zu schaffen, stellen deshalb härtere Fragen und verlassen sich mehr auf Ihr Mienenspiel als auf Ihre Antworten. Auch wenn Sie keinen Ton von sich geben, wird man immer noch zeigen, wie Sie sich zu Ihrem Auto durchkämpfen, während die Reporter Sie mit Fragen bepflastern.

F: Wird die Presse auch auf meine Version hören, wenn ich mich ihr stelle?

A: Zuhören wird man Ihnen schon, aber das bedeutet noch nicht, daß es auch gedruckt wird. Sie mögen hunderttausend Worte sagen, aber aus Platzgründen erscheinen dann nur drei Zeilen in der Zeitung. Das ist aber immer noch besser als beim Fernsehen, wo selten mehr als ein Satz von Ihnen gesendet wird. Wenn die TV-Leute Ihnen fünfzehn Sekunden zu Ihrer Verteidigung geben, haben Sie Glück gehabt.

F: Wie bekomme ich mehr Sendezeit?

A: Indem Sie sich schuldig bekennen. Dann gesteht man Ihnen eine volle Minute zu.

F: Nehmen wir einmal an, ich würde überhaupt nicht beschuldigt, sondern über jemanden befragt, dem man etwas vorwirft. Soll ich in diesem Fall etwas sagen?

A: Kommt darauf an, wieviel Ihnen daran liegt, in den Abendnachrichten zu erscheinen oder Ihren Namen in der Zeitung zu sehen. Ihre Chancen stehen offenkundig besser, wenn Sie etwas Negatives über den Beschuldigten zu sagen haben.

F: Und wenn ich eine anonyme Quelle bin?

A: Dann werden Sie zitiert, erscheinen aber nicht auf dem Bildschirm. Presseleute nennen lieber Namen, spielen aber notfalls mit, wenn jemand anonym bleiben will.

F: Nehmen wir einmal an, eine Fernsehanstalt oder eine Zeitung oder ein Nachrichtenmagazin ruft bei mir an und sagt, man arbeite an einer Story über einen Freund von mir. Ist es recht, wenn ich dann rede?

A: Hängt davon ab, wieviel Zeit Sie haben. Der Reporter verbringt drei Stunden mit Ihnen und benutzt dann nur ein Zitat, dazu meist ein negatives. Buchautoren sind noch schlimmer, weil sie keine Termine einzuhalten haben.

F: Wenn das alles stimmt, was Sie sagen, warum machen die Leute dann immer noch vor den Medien den Mund auf?

A: Aus Angabe, Angst und der irrigen Annahme, sie hätten nichts zu verbergen. Und dann gibt es auch noch jene, die meinen, eine Story zu ihrem Vorteil manipulieren zu können.

F: Geht das denn?

A: Nur selten. Wenn ich mich recht entsinne, sagte einer unserer bedeutenden Vizepräsidenten, Spiro Agnew, einmal: «Einen Teil der Presse kann man dauernd manipulieren, und die gesamte Presse eine Zeitlang – aber die *ganze* Presse *dauernd* manipulieren, das geht nicht.»

Sally und Anja? – Geschenkt!

Präsident Reagan schloß seine Rede, in der er verkündete, so sauer sei er auf die Russen ja nun auch wieder nicht, mit der Bemerkung: «Stellen wir uns doch einmal vor, ein Iwan und eine Anja träfen aus Zufall in einem Wartesaal mit einem Jim und einer Sally zusammen oder suchten gemeinsam Schutz vor einem Gewitter und es gäbe keine Sprachbarriere, die sie daran hinderte, einander kennenzulernen.

Würden sie dann über die Regierungssysteme ihrer jeweiligen Länder diskutieren? Oder eher Erfahrungen über Kinder oder Beruf austauschen? Und wenn sie dann wieder ihrer Wege gehen, sagt Anja vielleicht zu Iwan: ‹War das nicht nett? Sie ist Musiklehrerin, so wie ich.› Und Jim erzählt Sally, was Iwan an seinem Chef sympathisch oder unsympathisch findet. Mag sein, daß sie sich sogar für irgendwann zum Abendessen verabredet haben.»

Mr. Reagan wollte wohl sagen, daß Leute, die sich erst einmal persönlich kennengelernt haben, keine Kriege gegeneinander führen wollen.

Es ist zwar ein sehr hübsches Friedens-Szenario, Jim und Sally und Iwan und Anja zusammenzubringen, doch wichtiger fände ich es noch, wenn Ronnie und Nancy und Michail mit Gattin Schutz vor einem jähen Platzregen suchen müßten.

«Hi, ich heiße Ronald Reagan, und das ist meine Frau Nancy. Wir sind Kalifornier.»

«Mein Name ist Michail Gorbatschow, und das ist meine Frau Raissa. Wir sind Kommunisten der Moskau-Linie.»

«Ist ja toll. Wir sind erzkonservative Republikaner. Was tun Sie denn so?»

«Ich war Landwirtschaftsminister, aber inzwischen führe ich die Sowjetunion.»

«Na, was sagst du jetzt, Nancy? Der Michail hier ist Präsident einer Supermacht, genau wie ich. Wir haben eine Menge gemeinsam.»

Nancy wendet sich an Raissa. «Müssen Sie viele Staatsbankette geben?»

«Jeden Abend eins», versetzt Raissa. «Nie hab ich genug Geschirr.»

«Mit diesem Problem habe ich auch zu kämpfen. Von wem ist Ihre Garderobe?»

«Von Oskar in Bjelorußland. Wer schneidert für Sie?»

«Adolfo in New York. Hier ist ein Bild des neuesten Kostüms, das er für mich entworfen hat.»

«Sehr attraktiv. Aber Sie sind ja auch eine sehr attraktive Dame...»

«Ronnie, ist sie nicht zauberhaft?»

Ronnie sagt: «Michail, was geht Ihnen als Präsident der UdSSR am meisten auf die Nerven?»

«Die Parteibosse, weil sie mich dauernd kritisieren.»

«Ist das nicht komisch? Das stört mich als Präsident auch am meisten. Die Opposition könnte ich ja noch ertragen. Aber so richtig sauer werde ich, wenn mir meine eigenen Leute sagen, daß ich Mist baue.»

Nancy fragt Raissa: «Wie kommen Sie mit Ihren Kindern zurecht?»

«Lassen wir das Thema», erwidert Raissa.

Nancy lacht. «Geht mir auch nicht besser. Die Kluft zwischen den Generationen überbrücken wir wohl nie.»

Ronnie sagt zu Michail: «Was fällt Ihnen bei Ihrem Job am schwersten?

«Den Haushalt ausgleichen, Arbeitsplätze schaffen und dafür zu sorgen, daß die UdSSR Nummer eins bleibt.»

«Ist doch nicht zu glauben! Da stellen wir uns als Wildfremde vor einem Gewitter unter und haben die gleichen

Probleme, Interessen und Ziele. Wie wär's, wenn wir vier uns irgendwann mal zum Abendessen zusammensetzten und ausklamüserten, wie man die Welt nicht in die Luft jagt?»

«Find ich großartig, Ronnie. Hier ist meine Nummer am heißen Draht. Sie können mich zu jeder Tages- und Nachtzeit anrufen.»

«Prächtig. Und hier meine Karte. Wenn ich im Weißen Haus nicht zu erreichen bin, wählen Sie die Nummer von Camp David. Dort verbringen wir immer das Wochenende.»

Als Ronnie und Nancy an diesem Abend aus ihren durchnäßten Kleidern steigen, meint Nancy: «War sie nicht entzückend? Weißt du eigentlich, daß sie auch Balalaika spielt?»

«Er ist ein Prachtkerl», gibt Ronnie zurück. «Ehe man ihn zum Landwirtschaftsminister machte, war es sein Herzenswunsch, Filmschauspieler zu werden.»

Der Gatte der Kandidatin

Je mehr Frauen in die Politik gehen, desto größer die Neugier der Öffentlichkeit, was ihre Ehepartner betrifft. Kürzlich traf ich Horace Manley, verheiratet mit Agatha Manley, die zum zweiten Mal für einen Sitz im Repräsentantenhaus kandidiert, zu Hause an.

Er war ganz durcheinander. «Wenn ich doch nur gewußt hätte, daß Sie kommen», klagte er. «Im Haus herrscht das totale Chaos.»

«Keine Sorge, Mr. Manley. Ich bin nicht hier, um über Ihren Haushalt zu berichten. Ist die Kandidatin zu Hause?»

«Nein, sie verhandelt mit der Metallarbeitergewerkschaft. Mir hat sie den Tag freigegeben.»

«Fällt es schwer, der Mann einer prominenten Politikerin zu sein?»

«Es hat seine Vor- und Nachteile. Doch schon als Agatha ihr Jurastudium abschloß, war mir klar, daß sie in die Politik gehen wollte, und solange sie glücklich ist, bin ich bereit, das exponierte Leben in Kauf zu nehmen.»

«Was fällt Ihnen am schwersten?»

«Immer lächeln und nett zu Leuten sein, weil Agatha meint, sie seien für sie wichtig. Außerdem muß ich auf mein Äußeres achten und mich fragen, ob ich den passenden Anzug trage und ob meine Schuhe geputzt sind.»

«Den Wählern ist also wichtig, wie der Mann einer Kandidatin aussieht?»

«Absolut. Der Ehemann spielt im Wahlkampf eine sehr bedeutende Rolle. Agatha meint, sie hielte zwar alle Reden, aber die Wählerschaft ließe mich nicht aus den Augen.»

«Was fragt man Sie denn?»

«Die Wähler wollen wissen, ob Agatha eine gute Mutter ist und wie sie sich im Familienkreis wirklich gibt. Ich sage immer, sie sei eine Prachtfrau.»

«Das klingt aber nicht sehr glaubwürdig.»

«Manchmal verliert man den Mut. Am liebsten hätte ich Agatha nur für mich, und es wäre auch schön, wenn sie sich mehr Zeit für die Kinder nähme. Aber ich meckere nie und liege ihr auch nicht mit familiären Problemen in den Ohren, weil ich weiß, daß sie zu viele andere wichtige Dinge im Kopf hat. Wenn sie nach Hause kommt und wir ein paar gemeinsame Stunden herausschinden, möchten die Kinder und ich, daß sie sich entspannt.»

«Hört Agatha auf Ihren politischen Rat?»

«Ja, da ist sie sehr nett und aufmerksam. Wenn sie bei uns zu Hause eine Konferenz mit ihrem Mitarbeiterstab hat, darf ich dabeisitzen, nachdem ich allen vom kalten Büffet serviert habe. Sie hat mir schon oft gesagt, daß ich ein besseres Gespür für die Stimmung in der Öffentlichkeit habe, weil die Leute mir Dinge erzählen, die sie sich ihr nicht zu sagen trauen.»

«Nennen Sie mir doch einmal ein Beispiel für einen Rat, den Sie ihr geben.»

«Nun, als Frau ist Agatha natürlich gegen Nervengas.»

«Und Sie nicht?»

«Es gibt sehr viel Schlimmeres als Nervengas. Doch selbst wenn sie nicht meiner Meinung ist, interessiert sie sich sehr für das, was die Männer denken. Ich wünschte mir nur, das von ihren Mitarbeitern auch sagen zu können.»

«Stört es Agathas Stab, wenn Sie sich mit ihr über Politik unterhalten?»

«Für den bin ich eine hirnlose Masse.»

«Wie das?»

«Auf Wahlkampfveranstaltungen hat immer jemand Angst, ich könnte etwas Falsches sagen, wenn ich aus dem Stegreif spreche. Deshalb bestehen Agathas Mitarbeiter darauf, daß ich mich an den Text halte, den sie eigens für mich verfaßt haben. Die Rede ist todlangweilig, aber jedesmal, wenn ich sie ändern will, behauptet man, das könne uns den Wahlsieg kosten.»

«Machen die Männer um Agatha Sie eifersüchtig?»

«Im Grunde genommen nicht, denn ich weiß, daß sie sie nur wegen ihres Einflusses attraktiv finden. Ich kann allerhand einstecken, solange sie mich oder die Kinder nicht in aller Öffentlichkeit demütigt.»

«Aber als Gatte einer Politikerin werden Sie doch wenigstens oft zu Partys gebeten. Das muß doch Spaß machen.»

«Schon, wenn die Leute nur wüßten, wie ich heiße. Agatha stellt mich immer so vor: ‹Und dies ist meine bessere Hälfte.›»

«Wie ich sehe, stopfen Sie die Strumpfhose Ihrer Frau.»

«Haben Sie schon einmal versucht, mit den Bezügen einer Kongreßabgeordneten auszukommen?» fragte er verbittert.

Als niemand zwinkerte

Dies ist mein Gedankenspiel zu dem Fernsehfilm «Der Tag danach». Die Anstalt ABC, die den Streifen produzierte, gab sich bemüht unparteiisch zu der Frage, wer denn nun an der Einäscherung von Lawrence im Staat Kansas die Schuld trug. Sie verbriet sieben Millionen Dollar, um uns zu zeigen, was passieren kann, wenn über einem Gebiet die Atompilze aufsteigen, verschwendete aber keinen Cent an die Frage, was den Holocaust eigentlich auslöste.

Ich finde, man ist uns nur eine Szene schuldig geblieben, in der sich ein paar Überlebende über den Grund für das Ganze unterhalten.

Den Dialog hätten Jason Robards, der einen Arzt spielte, und der letzte überlebende Politikprofessor der University of Kansas führen sollen.

Die Männer, von Kopf bis Fuß mit strahlender Asche bedeckt, sitzen auf einem Trümmerhaufen, der einmal ein Kindergarten war.

«Teufel noch mal, was ist Ihrer Ansicht nach eigentlich passiert?» fragt Jason Robards den Politikprofessor.

«Es hat keiner gezwinkert», erwidert der Professor.

«Was soll das heißen?»

«Tja, das läßt sich alles auf die Kubakrise zurückführen. Erinnern Sie sich noch, wie Außenminister Dean Rusk sagte, die Sowjets und die Amerikaner hätten sich direkt gegenübergestanden und fixiert, aber die Russen hätten als erste gezwinkert? Seitdem geht unsere Außenpolitik von der Annahme aus, daß es immer die Russen sind, die vor uns zwinkern.»

«Da haben wir uns wohl verrechnet», meint Robards.

Der Professor blickt über die Verwüstung und sagt: «Kaum zu bestreiten. Was die Leute in Washington außer acht ließen, war die Tatsache, daß die Kubakrise für die Russen die schwerste Niederlage seit dem Zweiten Weltkrieg war. Sie sägten Chruschtschow ab und schworen sich, nie wieder zu zwinkern.»

«Mögen Sie eine Orange?»

«Nein, danke. Aus irgendeinem Grund ist mir übel. Um nicht zwinkern zu müssen, bauten die Russen ein beispielloses nukleares Arsenal auf. Bald behaupteten die Militärs auf beiden Seiten, der Gegner verfüge über die größere Zahl von Kernwaffen, und das Wettrüsten begann. Je größer die Abschreckung, war die Denkweise in Washington und Moskau, desto geringer die Chance, daß jemand einen Atomkrieg anfängt.»

«Warum funktionierte das nicht?» fragt Jason.

«Eine Zeitlang klappte es ja. Doch dann kamen die Abrüstungsverhandlungen, und beide Seiten ließen sich auf ein Spiel mit Zahlen ein. Wir versprachen, in Europa keine Cruise Missiles und Pershings aufzustellen, wenn die Sowjets die Zahl ihrer SS-20-Raketen verringerten. Die Sowjets sagten aber, wir müßten britische und französische Raketen in die Verhandlungen mit einbeziehen, und da weigerten wir uns. Als keine Seite zwinkern wollte, dislozierten wir unsere neuen Raketen, und die Russen verließen in Genf den Konferenztisch.»

«Wozu die Hast?»

«Weil unsere Glaubwürdigkeit auf dem Spiel stand. Hätten wir unsere Drohung nicht wahrgemacht, würden die Sowjets gesagt haben, Reagan habe gezwinkert. Und wären sie nicht aus Genf abgereist, hätten wir gesagt, Andropow habe gezwinkert.»

«Und so begann das Raketenwettrüsten im Ernst?»

«Das kann man wohl sagen. Sie umkreisten uns mit ihren Kernsprengköpfen, und wir umzingelten sie mit unseren. Wir manövrierten uns in eine Situation, in der der kleinste Funke ein Armageddon auslösen konnte.»

«War das beiden Seiten klar?»

«Den Regierungschefs wurde von ihren Experten versichert, die Gegenseite habe nicht den Mumm, Atomwaffen einzusetzen, weil sie beim Gegenschlag ausgelöscht würden. Den Frieden wahren könne man nur, indem man immer fürchterlichere Waffen baute, bis die andere Seite zur Vernunft kommt.»

«Und warum sitzen wir dann in Lawrence, Kansas, auf einem Trümmerhaufen, durchsiebt von Gammastrahlen?»

«Das erfahren wir wohl nie», sagt der Professor betrübt. «Es braucht noch nicht einmal die Entscheidung eines Menschen gewesen zu sein. Bei nur sechs Minuten Reaktionszeit auf eine Angriffswarnung könnte die ganze Geschichte von einem defekten Computer ausgelöst worden sein, der nicht aufhören wollte zu zwinkern.»

Ist da wer?

Eine meiner Glossen befaßte sich mit unterschwelligen Stimmen. In dieser geht es um überschwellige. Wir treten nun in das Zeitalter der Ansagen ab Tonband ein. Wie rasch das um sich gegriffen hat, erkannte ich erst, als ich kürzlich nach Atlanta fliegen mußte. Nach dem Aussteigen und einem langen Fußweg brachte mich eine lange Rolltreppe tief ins Erdinnere, wo ich auf einen aus zwei Wagen bestehenden Zug wartete, der mich über mehrere Haltestellen hinweg zu einer weiteren langen Rolltreppe transportieren sollte, zurück zur Erdkruste und zur Gepäckausgabe.

Der Zug fuhr ein, und eine Stimme sagte: «Haltestelle B. Bitte steigen Sie ein, und begeben Sie sich zur Zugmitte.»

Ein vernünftiges Ansinnen, doch als ich dem in den Wagen stürmenden Mob folgte, verklemmte sich meine Reisetasche, und ich hielt die Tür offen, um nicht vom Zug mitgeschleift zu werden. Die Stimme sagte, und das sauge ich mir nicht aus den Fingern: «Jemand hält die Tür offen und hindert alle anderen am Fortkommen.»

«Dafür kann ich nichts!» schrie ich. «Mein Tragegriff ist eingeklemmt!»

Die Stimme wurde zorniger. *«Jemand hält die Tür offen. Der Zug kann nicht abfahren.»*

Endlich riß ich den Tragegriff ab und zwängte mich in den Zug. Alles starrte mich an. Ich rang mir ein Lächeln ab. «War nicht meine Schuld», sagte ich abwehrend. Ein Dutzend Augen schaute mich feindselig an. Die Stimme verkündete: «Bitte halten Sie sich bei der Einfahrt in Haltestelle A von den Türen fern.»

«Ich steh an keiner Tür!» brüllte ich den Lautsprecher an.

«Sieht mich hier wer an der Tür stehen?» Die anderen Fahrgäste schauten angewidert weg.

Als wir Haltestelle A erreicht hatten, war mir bei der Überlegung, wie ich aus dem Zug steigen sollte, ohne mich der Tür zu nähern, der kalte Schweiß ausgebrochen. Ich sprang auf den Bahnsteig, gerade als die Tür hinter mir zurauschte.

Dann ging ich mir einen Wagen mieten. Es war ein neues Mittelklassemodell, und als ich den Motor anließ, kam aus dem Armaturenbrett eine Stimme und mahnte: «Bitte anschnallen.» Ich hätte schwören können, daß es dieselbe Stimme war, von der ich im Zug heruntergeputzt worden war. Rasch klinkte ich den Sicherheitsgurt ein. Die Stimme wiederholte: «Bitte anschnallen.» Ich klinkte ihn aus und wieder ein.

Erneut die Stimme: «Bitte anschnallen.»

Nachdem mir das noch zwei weitere Male befohlen worden war, rief ich den Mann von der Autovermietung herüber. «Dieses Auto behauptet, ich sei nicht angeschnallt.»

«Bloß nicht hinhören», meinte er. «Das erzählt die Mühle unseren Kunden seit drei Tagen.»

Ich fuhr zum Hotel. Als ich ankam, hieb ich mit Fäusten aufs Armaturenbrett ein.

Ich stieg in einem jener gigantischen Gewächshäuser aus Glas ab, die die Aufzüge an der Fassade haben. Sowie ich die Kabine betrat, sagte eine Stimme: «Im Aufzug herrscht Rauchverbot. Bitte den Knopf nur einmal betätigen. Dieser Aufzug geht nicht zum Dachgarten. Zum Dachgarten fahren die Aufzüge am anderen Ende der Empfangshalle.»

«Ich will nicht auf den Dachgarten und bin Nichtraucher!» brüllte ich. Ein Ehepaar schaute mich kurz an und stieg aus.

Endlich erreichte ich mein Zimmer und schloß hinter mir ab. Meine erste Handlung war, es nach Lautsprechern abzusuchen. Falls es welche gab, waren sie sorgfältig versteckt. Dann rief ich den Zimmerservice an. Eine Stimme vom Band antwortete: «Alle Leitungen zum Zimmerservice sind besetzt. Bitte bleiben Sie am Apparat, bis Ihre Bestellung entgegengenommen werden kann.» Ich knallte den Hörer auf die Gabel.

Dann stellte ich den Fernseher an. Auch hier dieselbe Stimme. «Im Brandfall ist folgendes zu beachten...» Ich knipste den Kasten aus.

Nun blieb mir nichts anderes übrig, als mich schlafen zu legen. Ich rief unten an und bat, um sieben telefonisch geweckt zu werden.

Das Telefon weckte mich: «Es ist sieben Uhr früh.»

«Schönen Dank», sagte ich. «Wie ist das Wetter?»

Die Stimme sagte: «Es ist sieben Uhr früh.»

«Hallo, hier spricht der Gast auf Zimmer 1209. Ist da wer? Hier ist der Gast auf Zimmer 1209. *Ist da wer?*»

Noch einmal erklang die Stimme: «Es ist sieben Uhr früh.» Dann ein Klicken und Totenstille. Da war niemand.

Endlich Durchblick

Meine Frau war wegen Krankheit nicht einsatzfähig, und ich fand mich in der Rolle des Haushaltsmanagers. Ich muß gestehen, mich nie viel um das gekümmert zu haben, was eine Frau tun muß, um ein Haus in Ordnung zu halten, und nahm an, das sei ein Kinderspiel verglichen mit der Lösung des Konflikts zwischen dem Irak und dem Iran.

Inzwischen ist mir klar, daß an der Haushaltsführung mehr dran ist, als uns die Fernsehwerbung weismacht. Hier einige Dinge, die ich bei diesem bewußtseinserweiternden Rollenwechsel entdeckte:

Ein Wäschekorb enthält nur schmutzige Kleider. Sauber macht er sie nicht.

Leere Spülmaschinen, die gibt's nicht.

Müllschlucker in der Spüle zerkleinern weder Kotelettknochen noch Gabeln oder Löffel.

Kundendienstfirmen haben Anrufbeantworter, rufen aber nie zurück.

Lebensmittel wachsen nicht im Kühlschrank. Man muß sie im Supermarkt kaufen. Ganz gleich, was man fürs Abendessen einkauft, die Rechnung kommt immer auf 49,50 Dollar.

Viele Lebensmittel müssen erst gekocht werden. Dazu sind Töpfe und Pfannen erforderlich. Frischfleisch und Fisch liegt keine Anweisung zur Zubereitung bei. Frischgemüse auch nicht. Tiefgefrorenes schmeckt nach Tiefgefrorenem.

Hamburger und Rührei können schon nach weniger als fünf Tagen zur Überdosis führen.

Wenn der Müll nicht einmal in der Woche auf die Straße gestellt wird, schafft ihn keiner weg.

Ungesprengter Rasen verfärbt sich braun.

Bettenmachen verliert nach zwei Tagen seinen Reiz.

Die Nachbarin gratuliert Ihnen nie zu Ihrem blankgebohnerten Fußboden.

Anzüge aus Mischfaser fangen an zu stinken, wenn man sie nicht reinigen läßt.

Wenn im Haus eine Sicherung durchbrennt, geht das Licht erst dann wieder an, wenn man sie ersetzt hat.

Die Paketpost klingelt nur, wenn sie eine Sendung für den Nachbarn hat, der nicht zu Hause ist.

Das Telefon klingelt nur, wenn man in der Wanne sitzt oder draußen Blumen gießt.

Beim Teppichsaugen ist immer die Leitung zu kurz. Aber wenn der Staubsauger zurück in den Schrank soll, ist sie grundsätzlich zu lang.

Wer in einem Glashaus wohnt, muß dauernd Fenster putzen.

Der eine Gegenstand, den man zur Erledigung einer Hausarbeit braucht, ist unten, wenn man oben ist, und oben, wenn man unten ist.

Hunde und Katzen, wenn ungefüttert, gehen auf einen los.

Der einzige Kundendienstmann, der kommt, wenn man ihn ruft, ist der Klavierstimmer.

Die beste Methode, das Zimmer eines Sohnes zu reinigen: Tür zumachen und so tun, als gehörte es nicht zum Haus.

Wenn man eine Kopfwehtablette nimmt, bedeutet das nicht unbedingt, daß im Wohnzimmer weniger Staub anfällt.

Niemand gibt Ihnen eine Prämie, weil Sie den Flecken aus dem Sofabezug rausgekriegt haben.

Illegale Ausländerinnen sind besser als gar keine Hilfe im Haushalt.

Verblüffend, wie wenig tröstlich es ist, von mitfühlenden Freunden zu hören, sie wüßten ja genau, was Sie durchmachen.

Ich erkannte – wie ich zugeben muß, erst zum Ende des Prozesses –, daß es im Haushaltsmanagement keine Aufstiegs- oder Beförderungschancen und auch keine Aussicht auf Gehaltserhöhung gibt. Endlich verstehe ich nun, weshalb Hausfrauen Seifenopern und Skandalblätter brauchen, um den Tag durchzustehen. Das ist ihr einziger Bezug zur Realität. Fremder Ehebruch ist viel interessanter, als nach der neuen Super-Küchenrolle zu greifen und die Schmiere vom Kochherd zu wischen.

Heim zu Muttern

Was zieht Kinder zurück nach Hause, wenn sie erst einmal flügge geworden sind? Was bewegt sie zur Heimkehr, nachdem sie ihre Unabhängigkeit erklärt haben? Liebe zu den Eltern, würde ich zu gerne sagen. Meinetwegen auch die Sehnsucht nach dem Hund oder der Katze, die sie zurückgelassen haben. Ich habe aber entdeckt, was den Nachwuchs in Wirklichkeit heim zu Mami und Papi zieht.

Kein Kind, das sich hinaus in die schöne neue Welt begeben hat, kehrt letzten Endes ohne ein Bündel schmutziger Wäsche ins Elternhaus zurück.

«Tag, Papa, da bin ich wieder.»

«Ei, Ezra! Seit wann bist du denn vom Amazonas zurück?»

«Seit einer Woche. Ich wollte nur mal vorbeischauen und meine Brocken in die Maschine stopfen.»

«Wie sah es denn im Dschungel aus?»

«Wild. Du, ich hab jetzt keine Zeit zum Erzählen. Bist du so gut und tust meine Sachen in den Trockner, wenn das Waschprogramm abgelaufen ist?»

«Aber gerne, mein Sohn. Ich bin ja so froh, dich wiederzusehen. Willst du nicht deiner Mutter guten Tag sagen?«

«Kannst ihr ausrichten, ich käme zu ihr, wenn ich meine Wäsche abhole.»

«Will ich tun. Sie hat sich Sorgen gemacht, weil du zwei Jahre lang im Amazonas warst.»

«Tschüs, Papi.»

«Wer war denn das?»

«Das war Ezra, Mutter. Er kam zurück, um seine Kleider zu waschen.»

«Wo ist er denn?»

«Er kommt wieder, wenn seine Socken trocken sind.»

«Ich kann unten jemanden hören.»

«Ich will mal nachsehen gehen... na so was, Lucy aus Birmingham. Warum hast du uns nicht geschrieben, daß du kommst?»

«Der Besuch war gar nicht geplant. Aber vor einer Woche gab meine Waschmaschine den Geist auf, die Kinderkleider türmten sich nur so, und da hab ich mich halt in ein Flugzeug gesetzt, um sie hier zu waschen. Kann ich zwei Tage hierbleiben? Ich habe vier Ladungen dabei.»

«Aber selbstverständlich. Mußt aber abwarten, weil Ezra noch die Sachen von seiner Brasilienreise in der Maschine hat. Geh doch mal nach oben und begrüße deine Mutter. Die freut sich bestimmt, wenn sie dich sieht.»

«Klar, aber sag mir bitte gleich Bescheid, wenn Ezras Sachen durchgelaufen sind, ja?»

«Kein Problem. Nanu, wer steht denn jetzt vor der Tür? Nicht zu glauben – Paul! Ich dachte, wir hätten uns letzten Monat verabschiedet, als du aufs College gingst.»

«Ich bin nur übers Wochenende da, um meine Sachen zu waschen.»

«Gibt es beim College denn keine Waschsalons?»

«Doch, aber da darf man keine Tennisschuhe in die Maschinen tun.»

«Komisches College. Dein Bruder Ezra ist aus Brasilien zurück, und deine Schwester Lucy kam mit vier Ladungen Wäsche aus Birmingham eingeflogen. Kannst also ruhig die Nacht hier verbringen, denn unsere alte Maschine ist vor morgen bestimmt nicht frei.»

«Kann ich nicht meine Sachen mit zu Ezras in die Trommel geben?»

«Nein, denn der erste Programmzyklus ist bereits abgelaufen, und es wäre unfair, die Maschine anzuhalten und wieder ganz von vorne zu beginnen. Hast du Hunger?»

«Nee, ich geh lieber zu meinen Kumpels. Hier ist meine

Wäsche. Sag Lucy, sie soll sie nicht mit ihrem Kram durcheinanderbringen.»

«Ich will das im Auge behalten, mein Sohn. Schön, daß du mal wieder daheim bist. Oh, da fährt gerade ein Auto vor. Sieht aus. als wäre das deine Schwester Rose. Sie hat jetzt am anderen Ende der Stadt ihre eigene Wohnung. Geh doch raus und hilf ihr, die ganzen schmutzigen Laken und Kopfkissenbezüge hereinzutragen.»

«Tag, Pa. Lange kann ich nicht bleiben. Die Bettwäsche muß sauber sein, ehe die Freundin zurückkommt, mit der ich mir die Wohnung teile. Wer hat da seine Sachen in der Waschmaschine?»

«Ezra. Er ist gerade nach zwei Jahren aus Südamerika zurück.»

«Mieser Trick. Der weiß doch genau, daß freitags die Maschine für mich reserviert ist.»

«Vielleicht hat er das nur vergessen, ist durch die Zeitumstellung aus dem Rhythmus gekommen. Soll ich deine Bettwäsche zu Lucys Sachen in die Maschine geben, wenn ich Ezras Kleider in den Trockner tue?»

«Lucy wohnt doch in Birmingham. Was hat ihre Wäsche in unserer Maschine verloren?»

«Vielleicht versucht sie, ihre Wurzeln zu finden.»

«... bis daß die Scheidung euch trenne.»

Mit dem Ansteigen der Scheidungsrate werden voreheliche Verträge in diesem Land immer beliebter. Da in vielen Fällen eine Ehe nicht zu jenen Dingen gehört, die man für alle Ewigkeit schließt, raten Anwälte ihren Klienten, einen Vertrag aufzusetzen, in dem genau festgehalten wird, wer was bekommt, wenn die Liebe aus dem Fenster segelt und die Vorwürfe hin und her fliegen.

Kürzlich war ich Zeuge bei einer vorehelichen Vertragsabschluß-Zeremonie. Horace Pipeline, dem zukünftigen Bräutigam, stand der berühmte Scheidungsanwalt Roy Knoch zur Seite, und die liebliche zukünftige Braut Grace Willowy wurde von Stefanie Rattig (Kanzlei Fetz, Wetz & Tück) vertreten.

Braut und Bräutigam saßen auf dem Sofa in Mr. Knochs palastähnlichem Büro, das zu diesem Anlaß mit Magnolien und weißen Rosen geschmückt worden war.

Mr. Knoch, von seinem Notizblock ablesend, erklärte: «Liebe Anwesende, wir haben uns heute hier eingefunden, um diesen Mann und diese Frau durch einen glücklichen vorehelichen Vertrag zu verbinden, welcher die materiellen Ansprüche beider Parteien, sollte die Ehe aus Gründen, auf die hier nicht näher eingegangen werden soll, scheitern, genau regelt. Sind Sie, Horace Pipeline, für den Fall, daß Sie die eheliche Gemeinschaft fortzuführen nicht bereit sind, willens, Ihrer lieblichen Braut eine Pauschale in Höhe von fünf Prozent des Wertes Ihres gegenwärtigen Besitzes zu gewähren, unter Ausschluß Ihrer Jacht, Ihres Penthauses und Ihres Anwesens in Southampton?»

«Augenblick mal», warf Miss Rattig ein. «Wer sprach von

einer Pauschale, wer schloß Mr. Pipelines Jacht, Penthaus und Anwesen in Southampton aus? Vor dem Gesetz stehen meiner Klientin fünfzig Prozent aller Güter ihres Gatten zu. Wir wollen aber keine übertriebenen Forderungen stellen und geben uns mit zehntausend Dollar im Monat zufrieden, zahlbar bis zu ihrer Wiederverheiratung.»

«Alimente kommen nicht in Frage», versetzte Mr. Knoch. «Ich kann nicht zulassen, daß mein Klient in den heiligen Ehestand tritt, ohne die Möglichkeit zu haben, ihn bei Auflösung der Verbindung durch Zahlung einer einmaligen Abfindung wieder zu verlassen. Wer garantiert uns, ob und wann sich Miss Willowy wieder verheiratet?»

«Was halten Sie davon, Grace?» fragte Miss Rattig.

«Ich liebe Horace sehr und habe keine Einwände gegen eine einmalige Abfindung. Nur die Summe möchte ich geklärt wissen, ehe ich mein Jawort gebe.»

Mr. Knoch lächelte. «Sie sind eine sehr vernünftige junge Frau. Würden fünfhunderttausend Sie zufriedenstellen?»

«Nein, Mr. Knoch», sagte Miss Rattig, «und Sie wissen genau, daß wir vor dieser Verhandlung Mr. Horace Pipelines Vermögen bis auf den letzten Cent taxiert haben. Entweder führen wir jetzt eine ernsthafte Verhandlung, oder wir setzen dieser vorehelichen Vertragsabschluß-Zeremonie ein augenblickliches Ende.»

Mr. Knoch zog eine finstere Miene. «Als Mr. Pipelines Anwalt kann ich über fünfhunderttausend nicht hinausgehen, aber wenn er großzügiger sein will, ist das seine Sache. Was meinen Sie, Mr. Pipeline?»

«Grace ist von allen die einzige Frau, die ich wirklich liebe», sagte Mr. Pipeline. «Ich kann mir nicht vorstellen, daß etwa anderes als der Tod uns scheidet. Doch nur für den Fall, daß doch etwas dazwischenkommt, bin ich bereit, ihr eine satte Million zu geben – wie meiner Gattin Nummer zwei.»

«Mr. Pipelines zweite Frau war wesentlich älter als Miss Willowy», wandte Miss Rattig ein, «und mit der Million fand er sie ab, ehe die Inflation einsetzte. Wir verlangen anderthalb Millionen und das Haus in Southampton.»

«Ausgeschlossen!» rief Mr. Knoch erzürnt. «Diese beiden Menschen hoffen, den Rest ihres Lebens glücklich miteinander zu verbringen. Meinem Klienten wäre kein einziger froher Tag vergönnt, wenn er wüßte, daß ihn der Ausstieg aus der Ehe anderthalb Millionen und das Haus in Southampton kosten würde.»

«Was glauben Sie wohl, wie sich meine Klientin bei der Vorstellung fühlte, mit einer lausigen Million auf die Straße gesetzt zu werden?» fragte Miss Rattig.

Miss Grace Willowy geriet in Erregung. «Dieses widerliche Feilschen zerstört unsere Liebe. Ich gebe mich mit einer Million zweihundertfünfzigtausend und dem Penthaus in New York zufrieden. Aber das ist mein letztes Wort.»

«Nicht böse werden, Liebling», dämpfte Mr. Pipeline. «Du verlangst mehr, als ich zu geben bereit war, aber ich will, daß du glücklich bist. Geben wir nach, Mr. Knoch, vorausgesetzt, wir bekommen es schriftlich, damit sie mich später nicht vor Gericht zerren und ausnehmen kann.»

«Wie Sie wollen, Mr. Pipeline, schließlich ist es Ihr Geld. Ich lasse den Vertrag ausfertigen, und wir machen in der Zwischenzeit eine Flasche Champagner auf und trinken auf das Wohl des glücklichen Paares», sagte Mr. Knoch. «Entschuldigen Sie meine Tränen. Bei vorehelichen Vertragsabschlüssen werde ich immer ganz gefühlig.»

Zweierlei Maß

Ich bin immer wieder verblüfft, in den Zeitungen zu lesen, daß das Justizministerium oder eine Bundesbehörde sich mit einem Konzern oder einer einflußreichen Persönlichkeit, denen ein Verstoß gegen das Gesetz vorgeworfen wird, gütlich geeinigt hat.

Die Artikel lauten ungefähr so: «Hazard Motors hat sich dem Justizministerium gegenüber einverstanden erklärt, die Fertigung des Modells Y-2 mit fehlendem Bremspedal einzustellen. Der Konzern wurde mit einer Geldstrafe in Höhe von 50000 Dollar belegt und gab bekannt, er werde alle bisher zugelassenen Y-2 ohne Bremspedal zurückrufen. Hazard Motors entrichtete zwar die Geldstrafe und brachte die Rückrufaktion in Gang, doch ein Firmensprecher bestritt, daß das Modell Y-2 irgendwelche Mängel aufwiese oder daß die Rückrufaktion begründet sei.»

Ich konsultierte einen Freund von mir, der in Washington Anwalt ist, und fragte ihn, wie es möglich ist, daß eine Firma bestraft und zum Rückruf aller ihrer Autos gezwungen werden kann und dennoch in der Lage ist, ihre Unschuld zu beteuern.

«Den Leuten bleibt nichts anderes übrig», sagte er. «Andernfalls würde die Firma mit einer ganzen Serie leichtfertiger Prozesse überzogen.»

«Dem kann ich folgen. Aber warum läßt die Regierung eine Unschuldsbeteuerung zu, wo Hazard Motors doch vergaß, in die Autos Bremspedale einzubauen?»

«Der Regierung ist mehr an der Reparatur der Fahrzeuge als an der Bestrafung der Gesellschaft wegen Unfähigkeit gelegen. Wenn Hazard Motors vor Gericht kommt, zieht sich der Prozeß über Jahre hin, und in der Zwischenzeit könnten noch sehr viel mehr Menschen umkommen.»

«Nehmen wir einmal an, das Werk verkaufte wissentlich Autos ohne Bremspedale? Wäre das kein Fall für den Strafrichter?»

«Denkbar. Laß uns aber einmal ganz von vorne beginnen. Hazard Motors bringt ein Modell Y-2 ohne Bremspedal auf den Markt. Der Entwicklungsabteilung fällt das auf, nachdem der millionste Wagen vom Band gelaufen ist. Sie informiert den Verkauf, der sie zu Stillschweigen verdonnert. Schließlich bekommt die Sicherheitsbehörde der Regierung davon Wind und gelangt nach zweijährigen Tests zu der Erkenntnis, daß der Y-2 verkehrsgefährdend sein könnte.

Sie setzt sich mit Hazard Motors in Verbindung und teilt mit, ihre Daten ergäben Hinweise auf Mängel in der Bremsanlage des Y-2. Der Hersteller des Fahrzeugs reagiert mit dem Argument, die Behörde habe keine Straßentests durchgeführt, und zu Unfällen käme es mit dem Y-2 nur, wenn der Fahrer versuche, ihn zum Stehen zu bringen.

Die Sicherheitsbehörde überprüft die von Hazard Motors vorgelegten Daten und kommt zu dem Schluß, daß ein Y-2 nur von einer Backsteinwand zum Stillstand gebracht werden kann. Auf einen negativen Bescheid vorbereitet, hat Hazard Motors die beste Anwaltsfirma in Washington konsultiert – gewöhnlich diejenige Kanzlei, die über den besten Draht zur derzeitigen Administration verfügt. Ein Anwalt ruft seine Kumpels im Justizministerium an und verlangt entsetzt zu wissen, weshalb die Sicherheitsbehörde gerade jetzt, da doch die Wirtschaft im Aufschwung sei, auf einer amerikanischen Autofirma herumhacke. Er schlägt dem Juristen vom Ministerium ein Treffen vor, um eine gütliche Regelung auszuarbeiten, die Fahrzeugfabrikanten und Regierung zufriedenstellt. Und so verabreden sich die beiden zu einer Partie Golf.»

«Hört sich alles so zivilisiert an», meinte ich.

«Ist es auch. Beim neunten Loch hat man gewöhnlich eine Übereinkunft ausgehandelt. Im Fall Y-2, meint der Mann vom Justizministerium, könne er wegen der Publicity kein Auge zudrücken, und Hazard Motors müsse eine Geldstrafe hinnehmen und die Rückrufaktion starten.

Ihm sei das recht, erklärt der Rechtsvertreter der Autofirma, vorausgesetzt, seine Mandantin müsse keinen Mangel an dem Fahrzeug eingestehen, andernfalls die außergerichtliche Einigung als Schuldanerkenntnis ausgelegt werden könnte.

Darauf sagt der Jurist vom Ministerium, er sei überzeugt, das Einverständnis der Sicherheitsbehörde mit dieser Bedingung erlangen zu können – vorausgesetzt, Hazard Motors verspräche, so etwas nicht noch einmal zu tun.»

«Und hierbei gerate ich immer in Verwirrung», sagte ich. «Hazard Motors gibt vor der Regierung zu, daß der Y-2 mit einem ernsten Mangel behaftet ist, aber ihren Kunden braucht die Firma das nicht einzugestehen.»

«Du verstehst halt nicht, wie Regierung und Großindustrie zusammenarbeiten», erklärte mein Freund, der Anwalt. «Aufgabe der Regierung ist der Verbraucherschutz, und der Konzern muß seine Umsätze schützen. Wenn beide Seiten ein Dokument unterzeichnen, das besagt, daß die Firma Mist gebaut hat, ist der Gerechtigkeit Genüge getan, ohne daß die Geschichte an die große Glocke gehängt wird, und keiner kommt ernsthaft zu Schaden.»

Der elektronische Schuldkomplex

Die Computerhersteller jubeln uns Eltern nun über ihre Fernsehwerbung einen bösen Schuldkomplex unter mit der Behauptung, wir betrögen unsere Kinder um ihre Zukunftschancen, wenn wir ihnen keinen Computer kauften. Die Kinder sehen diese Spots natürlich auch, und das führt in den Schulen zu allerhand Reibungen zwischen Betuchten und Habenichtsen.

«Johnny, wo ist dein Zeugnis?»

«Hier.»

«Was? Eine Vier in Mathe?»

«Kann ich doch nichts für. Du hast mir ja keinen Computer gekauft.»

«Wir können uns im Augenblick keinen leisten. Die kosten zweihundert Dollar.»

«Juckt mich nicht. Der Mann im Fernsehen sagt, daß du es dir selbst zuzuschreiben hast, wenn du mir keinen Vorsprung geben willst.»

«Das ist der typische Quatsch, der im Werbefernsehen verzapft wird. Ich habe auch ohne Computer Mathe gelernt.»

«Vielleicht kannst du dir deshalb heute keinen leisten.»

«Damals gab es keine Computer. Außerdem ist noch längst nicht bewiesen, ob Elektronenrechner für Kinder gut oder schädlich sind. Einer Lehrmeinung nach beeinträchtigen sie den Lernprozeß, und Kinder sollten sich auf ihre Gehirne verlassen, nicht auf Maschinen. Der Computer sagt dir, was vier plus vier macht, aber du weißt nicht, wie du zu diesem Ergebnis gelangt bist.»

«In der Schule kommt es nicht darauf an, wie man zu einem Ergebnis gelangt. Hauptsache, es stimmt.»

«Lassen wir die Mathematik einmal beiseite. Warum die Fünf in Betragen?»

«Weil ich Jill Gleason ein Buch auf den Kopf gehauen habe.»

«Und warum hast du sie mit einem Buch geschlagen?»

«Weil sie einen Computer hat und mir die Lösung der Matheaufgaben nicht verraten wollte.»

«Du kannst doch nicht mit Büchern auf Leute einschlagen, nur weil sie einen Computer haben und du nicht!»

«Muß man schon, wenn jemand behauptet, meine Eltern wären zu knausrig, mir einen zu kaufen.»

«Hat Jill das wirklich gesagt?»

«Und ob. Du nähmst mir die Chance, es im Leben zu etwas zu bringen. Und man sollte mich euch wegnehmen und zu Pflegeeltern geben.»

«Das kann sie doch unmöglich gesagt haben.»

«Die anderen Klassenkameraden haben es auch gehört. Die mit Computern haben gelacht, und die ohne wollten auch zuschlagen.»

«Und was meinte die Lehrerin dazu?»

«Die schickte mich zum Rektor, und der gab meinen Namen in seinen Computer ein und sagte, wenn das noch mal vorkäme, flöge ich von der Schule.»

«Und die Rechtschreibung? Wie erklärst du die Vier in Orthographie?»

«Rechtschreibung muß ich ganz allein üben. Wenn ich einen Computer hätte, könnte der mich korrigieren. Wenn Jill Gleason ihre Arbeiten abgibt, hat sie keinen einzigen Rechtschreibfehler in ihrem Ausdruck. Ihre Hausaufgaben macht sie fünfmal schneller als ich, sagt sie.»

«Schön, aber kann sie denn auch allein richtig schreiben?»

«Wenn sie groß ist, sagt ihr Vater, kommt das nicht mehr so drauf an, weil dann Computer sowieso die ganze Rechtschreibung übernehmen.»

«Ihrem Vater ist offenbar nicht klar, daß selbständiges

Lernen in der Schule sehr viel wichtiger ist als fehlerfreie Hausaufgaben.»

«Das behauptet Michael Parks' Vater auch. Michael hat natürlich auch keinen Computer.»

«Also, ich kauf dir jedenfalls keinen. Wenn du dich nicht zusammenreißt und das nächste Mal ein besseres Zeugnis anbringst, gibt's übers Wochenende Hausarrest.»

«Ist mir doch Wurst. Ich lande ja eh im Knast.»

«Wer hat dir denn das erzählt?»

«Der Mann im Fernsehen. Aus Kindern, denen ihre Eltern Computer vorenthalten, sagt er, werden nach der Schulentlassung Ladendiebe.»

Abrüstung

«Was schenken Sie Ihrem Enkel zu Weihnachten?» fragte ich Borodin.

«Einen Soldaten», antwortete er.

«Meinem habe ich einen Soldaten und einen Jeep mit Raketenwerfer gekauft», sagte ich.

Das schien ihn zu verdutzen. «Ich hatte daran gedacht, David einen Cobra-Kampfhubschrauber zu besorgen, der von vorn und von hinten Raketen abfeuert.»

«Die habe ich im ‹Spielzeugland› gesehen», meinte ich. «Von dem funkferngesteuerten Panzer, den ich Ben gekauft habe, prallen diese Raketen glatt ab.»

«Da hat man mir bei FAO Schwarz aber etwas anderes erzählt», erwiderte er.

An diesem Abend ging ich heim und blätterte einen Versandhauskatalog durch. Meine Frau wollte wissen, was ich da täte. «Borodin will seinem Enkel einen Cobra-Kampfhubschrauber schenken, der Bens Panzer außer Gefecht setzen könnte. Ich muß mir eine Abschreckung einfallen lassen, die ihn vom Himmel holt. Dieses Kettenfahrzeug mit den Boden-Luft-Raketen hier dürfte das schaffen.»

Ich rief Borodin an. «Wenn Sie den Cobra kaufen, schenke ich meinem Enkel ein Luftabwehr-System.»

«Tun Sie das ruhig. Dann gehe ich zu Montgomery Ward und bestelle eine Radarstation, die Ihre Raketen wirkungslos macht.»

«Sie hören wieder von mir», drohte ich.

«Bist du noch bei Trost?» fragte meine Frau. «Wieviel willst du diese Weihnachten noch für Ben ausgeben?»

«Genug, um Borodins Enkel überlegen zu bleiben.»

«Ich finde, ihr solltet euch treffen und diesem lächerlichen Spielzeug-Wettrüsten ein Ende setzen», sagte meine Frau.

«Ein Treffen mit Borodin ist erst dann sinnvoll, wenn er begriffen hat, daß ich es ernst meine. Ich glaube, ich hole mir erst einmal ein Raketen-U-Boot und einen atomgetriebenen Flugzeugträger, um meine Verhandlungsposition zu verbessern.»

«Du weißt doch noch gar nicht, ob Ben überhaupt einen Soldaten will. Er hat sich doch ein Fahrrad gewünscht!» protestierte sie.

«Sicher, weil er noch nicht weiß, was Borodins Enkel zu Weihnachten bekommt. Gut, ich bin zu einem Treffen und zu Verhandlungen bereit, aber mit Wundern brauchst du nicht zu rechnen.»

Zu den Verhandlungen verabredete ich mich mit Borodin im «Swiss Chalet» zum Mittagessen.

«Ehe ich anfange», erklärte ich, «möchte ich Sie warnen: Ich habe Ben einen Chemiekasten bestellt, mit dem er selbst Nervengas herstellen kann. Ich bin bereit, die Bestellung rückgängig zu machen, wenn Sie Ihre Radarstation aufgeben.»

«Die Radarstation bleibt – es sei denn, Sie verzichten auf den funkferngesteuerten Panzer.»

«Und wer garantiert mir, daß Sie Davids Soldatenpuppe kein komplettes MX-System kaufen?» fragte ich.

«Ich gebe Ihnen mein Wort», erwiderte Borodin.

«Soll das ein Witz sein, Borodin? Zur Weihnachtszeit ist Ihr Wort keinen Heller wert.»

«Wenn Sie bei dieser Haltung bleiben», sagte Borodin, «sind weitere Verhandlungen überflüssig.»

Am Abend fragte mich meine Frau, wie die Konferenz verlaufen sei.

«Borodin hat sie verlassen. Gib mir doch mal den Katalog vom Elektronik-Versandhaus.»

«Beide Enkel haben doch schon genug Waffen, um ihre Soldaten zehnmal zu töten.»

«In einem Spielzeugkrieg kann es nie genug Waffen geben. Schau, das sieht interessant aus. Eine Weltraumplattform, die aus der Luft Raketen abschießt.»

«Und neunundsechzig Dollar kostet», sagte meine Frau.

«Ist glatt geschenkt, wenn sie Borodin die richtige Botschaft vermittelt.»

Der Schlüsselgatte

Es ist allerhand über Schlüsselkinder geschrieben worden – Kinder von Alleinerziehern, gewöhnlich weiblichen.

Seit aber mehr und mehr Frauen in die Arbeitswelt eindringen, ist ein neues soziales Phänomen aufgetaucht – der Schlüsselgatte.

Seiner Existenz wurde ich mir erst bewußt, als ich kürzlich am Wasserspender zufällig Bronfman traf. Er hatte eine Schnur um den Hals, an der ein Schlüssel hing.

«Was ist denn das?» fragte ich.

«Mein Wohnungsschlüssel. Meine Frau ist Anwältin, muß jeden Abend bis sieben oder acht arbeiten und gab mir deshalb diesen Schlüssel, damit ich in die Wohnung komme.»

«Und warum tragen Sie ihn um den Hals?»

«Damit ich ihn nicht verliere. Unter die Fußmatte will sie ihn nicht legen, weil sie Angst hat, jemand könnte ihn finden und in die Wohnung eindringen.»

«Sie kommen also jeden Abend heim, ohne an der Tür begrüßt zu werden?»

«Daran gewöhnt man sich», meinte er. «Meine Frau legt immer Milch und Plätzchen für mich in den Kühlschrank und schreibt auf einen Zettel, ich dürfe fernsehen, bis sie heimkommt.»

«Fürchten Sie sich denn nicht – so ganz allein in der Wohnung?»

«Ach wo. Macht mir gar nichts aus. Aber meine Frau hat mir eingeschärft, keine Fremden einzulassen. Außerdem hat sie mir erlaubt, einen Freund mit heimzubringen, solange wir die Wohnung nicht verwüsten.»

«Sie fühlen sich bestimmt vernachlässigt.»

«Warum sollte ich? Meine Frau hat zu arbeiten und versucht am Wochenende immer, mich zu entschädigen – sie geht mit mir ins Kino oder in den Park, wenn schönes Wetter ist. Da es in unserem Viertel viele Schlüsselgatten gibt, bin ich nicht der einzige, der heim in eine leere Wohnung kommt. Außerdem, wenn ich mich ängstige oder ein Problem habe, kann ich mich immer an Mrs. Pennyweather wenden.»

«Mrs. Pennyweather?»

«Sie wohnt auf unserem Stockwerk in Apartment 4-C, ist alleinstehend und hat Mitleid mit mir, weil ich diesen Schlüssel um den Hals trage.»

«Wie lieb von ihr. Wie alt ist sie denn?»

«Mitte Dreißig. Sie ist blond, hat eine hübsche Figur und sehr schöne Beine.»

«Wie haben Sie sie denn kennengelernt?»

«Tja, eines Tages verlor ich meinen Schlüssel und stand heulend im Hausgang, und da kam sie aus dem Aufzug und lud mich ein, die Rückkehr meiner Frau in ihrer Wohnung abzuwarten.»

«Gab sie Ihnen auch Kekse und Milch?»

«Nein, aber zwei trockene Martinis, bis ich aufhörte zu heulen. Dann setzten wir uns auf die Couch und sahen fern. Sie sagte, ich könne jederzeit bei ihr vorbeischauen, und seitdem habe ich keine Angst mehr, wenn ich von der Arbeit heimkomme.»

«Es klingt, als sei Mrs. Pennyweather ein wunderbarer Mensch.»

«Das ist sie auch. Es gibt nicht viele Fünfunddreißigjährige, die sich um einsame Ehemänner kümmern, deren Frauen bei der Arbeit sind. Als meine Frau einmal beruflich verreisen mußte, arrangierte Mrs. Pennyweather ein Abendessen bei Kerzenschein für mich und ließ mich auf dem Sofa in ihrem Wohnzimmer übernachten.»

«Weiß Ihre Frau denn, daß Sie im Haus so eine gute Freundin haben?»

«Nein. Mrs. Pennyweather nahm mir das Versprechen ab, unser Verhältnis geheimzuhalten, weil sie nicht will, daß meine Frau ein noch schlechteres Gewissen bekommt.»

«Schön zu wissen, daß es noch Menschen gibt, die ein Herz für Schlüsselgatten haben.»

«Mrs. Pennyweather meint, ihr mache die Beziehung ebensoviel Spaß wie mir, denn ich symbolisiere den Ehemann, den sie nie hatte.»

Weihnachten en famille

Die Weihnachtszeit ist für viele Leute aufreibend. Das Christfest, ursprünglich eine Familienaffäre, entzweit die Menschen nun ebensosehr, wie es sie zusammenführt, und ganz besonders, wenn die Kinder älter werden.

Dahinter kam ich bei einem Gespräch mit Fritzie Newmeyer.

«Ich nehme an, Danny kommt zum Fest heim», sagte ich.

Sie schürzte die Lippen. «Danny verbringt Weihnachten nicht bei uns, sondern bei der Familie seiner Freundin in Wisconsin.»

«Schade. Sie müssen sehr enttäuscht sein.»

«Warum enttäuscht? Er ist ein erwachsener junger Mann, und wenn es ihm wichtiger ist, Weihnachten mit einem Mädchen, das er gerade erst sechs Monate kennt, und in einem Haus voller Fremder zu verbringen anstatt bei seinen Eltern, die fünfzehntausend im Jahr für sein Studium berappen, ist das seine Sache.»

«Ich bin froh, daß Sie es nicht persönlich nehmen», meinte ich. «Danny ist wahrscheinlich verliebt.»

«Vielleicht, vielleicht auch nicht. Es kann aber auch sein, daß er meint, sich in Wisconsin besser zu amüsieren als daheim bei den Menschen, die ihn aufgezogen haben. Immerhin, was haben wir schon groß zu bieten außer einem Bett und drei ordentlichen Mahlzeiten am Tag?»

«Nun ja, wenn Danny schon nicht kommt, haben Sie wenigstens Ihre Tochter Sarah mit ihren Kindern im Haus.»

«Das bezweifle ich. Allan, Sarahs Mann, will über Weihnachten zu seinen Eltern in Fort Lauderdale. Die Flugtickets haben sie schon geschickt bekommen. Uns macht das nichts aus, sagte ich zu Sarah, und die Geschenke für die Enkel könnten wir ja mit der Post schicken. Sarah schien verlegen, aber ich meinte, sie solle sich nichts daraus machen. Seit sie ihre eigene Familie hat, ist sie uns nicht mehr verpflichtet. Außerdem ist Weihnachten in Florida bestimmt schöner als hier in Bethesda. Die Enkelkinder können wir ja im Frühjahr besuchen, und zudem erspart mir das den Einkauf für ein großes Festessen und das Schmücken eines großen Christbaumes – etwas, das die Familie früher übrigens immer mit großer Freude gemeinsam tat.»

«Sie sind tapfer, Fritzie», sagte ich zu ihr. «Viele Mütter wären traurig, wenn nur zwei ihrer vier Kinder zum Fest nach Hause kämen.»

«Larry kommt auch nicht.»

«So?»

«Er macht mit Kollegen aus der Firma in Vail Skiurlaub. Das sei seine einzige Chance, meinte er und fragte, ob mich das störte. Natürlich nicht, sagte ich. Wie kann man einen Skiurlaub in Vail in Gesellschaft von Leuten aus dem Büro mit zwei langweiligen Tagen vergleichen, an denen über vergangene Christfeste geredet wird und Kindheitserinnerungen aus der Mottenkiste geholt werden, die jeder schon hundertmal gehört hat?»

«Wenigstens rief er an und fragte Sie um Erlaubnis.»

«Nein, ich rief bei ihm an», versetzte Fritzie.

«Bleibt also nur Mary Lou. Die ist doch zu Weihnachten bestimmt daheim», sagte ich.

«Mary Lou wohnt bei uns, hängt den ganzen Tag im Haus herum und jammert, seit sie ihre Stelle verloren hat. Um ganz ehrlich zu sein: Mir wäre es recht, wenn auch sie anderswo hinginge.»

«Komisch», sagte ich. «In der Fernsehwerbung sieht man immer drei Generationen einer Familie zusammen die Geschenke auspacken und Eierpunsch trinken. Im wirklichen Leben ist das wohl nicht so simpel.»

«Kinder, wie sie das Fernsehen zeigt, gibt es nicht mehr», klagte Fritzie.

«Man mag mit dem Herzen im Elternhaus sein, aber dort kann man halt nicht Ski fahren», meinte ich. «Am Weihnachtstag rufen sie aber bestimmt alle an.»

«Vermutlich, wenn nicht alle Leitungen besetzt sind», erwiderte Fritzie.

«Und ich muß jetzt weiter», sagte ich, «und mich erkundigen, wie das Fest bei uns zu Hause abläuft.»

«Kommen Ihre Kinder denn heim?»

«Das wissen wir noch nicht. Wenn wir bis Heiligabend nichts Gegenteiliges gehört haben, können wir mit ihnen rechnen, haben sie gesagt.»

Zur Börse, Schätzchen

Es hat den Anschein, als sei ein Diamant nicht mehr das begehrteste Liebespfand.

Der Rücktritt des stellvertretenden Verteidigungsministers Paul Thayer, ausgelöst von dem Vorwurf der Börsenaufsicht, er habe als Mitglied verschiedener Aufsichtsräte Freunde mit Insider-Informationen versorgt, hatte Auswirkungen, die weit über Wirtschaftskreise hinausreichten.

Die Börsenaufsicht warf Mr. Thayer vor, zwar selbst nicht von den Tips profitiert, aber mehreren Freunden zu Reichtum verholfen zu haben, darunter einer attraktiven geschiedenen Texanerin, zu der er eine «enge Beziehung» unterhielt.

Ganz gleich, ob sich der Verdacht nun bestätigen wird oder nicht: Die finanziellen Arrangements zwischen wohlhabenden Männern und der «Nebenfrau» werden Änderungen erfahren.

«Tag, Schnuckelchen. Scheußlich heute im Büro. Komm, gib deinem Big Daddy einen schönen heißen Kuß und einen schönen kalten Martini.»

«Ach, Dickerchen, ich hab's ohne dich kaum ausgehalten.»

«Erst war in San Francisco Vorstandssitzung, und dann mußte ich nach New York zu einer Besprechung mit meiner Investitionsbank fliegen. Aber ich habe dir von Tiffany eine kleine Überraschung mitgebracht – ein Brillantkollier.»

«Von Brillanten will ich nichts hören. Ist Archer mit seinem Versuch, Magnum Electronics zu übernehmen, weitergekommen?»

«Aber Herzchen. Du weißt doch, daß ich nicht verraten darf, was sich im Vorstand von Archer tut.»

«Dann kannst du dir deinen Martini selber mixen.»

«Wenn du mir versprichst, es nicht weiterzusagen: Morgen nachmittag kündigen wir unser Übernahmeangebot an.»

«Und was rätst du mir, Dickerchen?»

«Archer-Aktien fallen wahrscheinlich, Magnum-Werte steigen bestimmt. Komm, setz dich zu mir auf die Couch und massiere mir das Genick.»

«Und was tut sich in New York?»

«In New York tut sich nichts.»

«Sagtest du nicht, Snow White Petroleum wolle Stonebridge Communications aufkaufen, die gerade mit Fungus Chemicals fusioniert haben?»

«Der Handel ist geplatzt, weil sich Snow White klammheimlich mit Calypso Avionics liiert hat.»

«Ich habe aber auf dein Wort hin vierzigtausend Stonebridge-Aktien zu siebenundfünfzig gekauft. Jetzt sind sie auf fünfundvierzig abgesackt. Warum hast du keinen Ton gesagt?»

«Ich hörte davon, als ich mit meiner Frau im Hotelzimmer war. Wie sollte ich dir da Bescheid geben?»

«Deine Frau ist dir also immer noch wichtiger als mein Portefeuille?»

«Das hab ich ja nicht behauptet, Püppchen. Paß auf, ich mach das wett. Ich komme gerade von einer Vorstandssitzung bei Turtle Express. Es wird bekanntgegeben, daß die Gewinne im ersten Quartal um fünfzig Prozent gestiegen sind. Auf diese Ankündigung hin sollte die Aktie um vier Punkte steigen.»

«Big Daddy, was für ein toller Tip! Komm, ich zieh dir Schlips und Schuhe aus.»

«So ist's besser, Süße. Hast du mich noch lieb?»

«Was läuft bei Rupert Murdoch?»

«Was soll bei Rupert Murdoch laufen?»

«Hast du Informationen, ob er nun Warner Communications unter Kontrolle bekommt?»

«Nein, Herzchen, und ich habe auch keine Lust, jetzt über Rupert Murdoch zu reden. Ich hab 'ne Menge Schmusen nachzuholen. Danach kannst du mir ein schönes dickes Steak braten.»

«Verheimlichst du mir auch bestimmt nichts?»

«Was sollte ich dir denn vorenthalten?»

«Soll ich meine Sojabohnen-Position halten?»

«Verflucht, dir werd ich gleich zeigen, was es mit diesem Rohstoff-Zauber auf sich hat! Machen wir jetzt ein Spielchen oder nicht?»

«Aber klar, Big Daddy. Aber erst muß ich mir etwas Legeres anziehen und meinen Börsenmakler anrufen.»

Operation des Monats

Neuesten Nachrichten aus der Welt der Medizin zufolge fällt es den Kliniken immer schwerer, Patienten anzulocken. Die Belegungsrate ist gefallen, und viele Krankenanstalten suchen nun in der Werbung ihr Heil und nehmen sich Marketing-Spezialisten, um Patienten in ihre Betten zu kriegen.

Der Konkurrenzkampf wird härter, und niemand kann voraussagen, mit welchen Lockangeboten die Hospitäler die Leute noch bewegen werden, ihre Krankenzimmer zu benutzen.

Ich besuchte einen Marketing-Berater, der für eine der größten Kliniken im Gebiet Washington arbeitet.

Er war von einem Geistesblitz, den er gerade gehabt hatte, ganz angetan.

«Was halten Sie von einem Club ‹Operation des Monats›?» fragte er.

«Klingt nicht übel», erwiderte ich. «Welche Vorteile hat man als Mitglied?»

Er zeigte mir ein ganzseitiges Layout, das er entworfen hatte. Oben lief eine Schlagzeile über die ganze Seite: SPAREN SIE BEI JEDER OPERATION TAUSENDE. *Werden Sie Mitglied des Clubs «Operation des Monats»*. Dann kamen die Bilder verschiedener Körperteile, und darunter stand in großen Lettern: ALS MITGLIED STEHT IHNEN JEDE DIESER OPERATIONEN KOSTENLOS ZU. Anschließend, in kleinerer Schrift: *Sie brauchen sich lediglich vier Eingriffen im Jahr zu unterziehen und haben dann das Recht auf eine fünfte,* DIE SIE KEINEN CENT KOSTET.

«Wau», sagte ich, «ein tolles Angebot. Wie funktioniert das in der Praxis?»

«Jeden Monat lassen wir von einem Komitee chirurgischer Kapazitäten die Operation des Monats auswählen», erklärte er. «Sagen wir, der Hauptvorschlag für April wäre eine Blinddarmoperation. Sie würden schriftlich von dem Angebot verständigt. Wenn Sie die Karte nicht binnen zehn Tagen zurückschicken, holen wir Sie mit dem Krankenwagen zu Hause ab, schaffen Sie in die Klinik und nehmen den Eingriff zum halben Preis vor.»

«Und wenn ich mir den Blinddarm nicht herausnehmen lassen will?»

«Dann haben Sie die Wahl zwischen dreißig Alternativvorschlägen, von der Entfernung der Mandeln bis zum Einsetzen eines Herzschrittmachers, gleichfalls zu Niedrigpreisen. Und vergessen Sie nicht, Sie brauchen im Jahr nur vier Eingriffe zu wählen und bekommen den fünften umsonst.»

«Was für ein genialer Marketing-Plan! Als Mitglied einer Buchgesellschaft vergesse ich immer, die Bestellkarte zurückzuschicken, und dann bleibt der Hauptvorschlag an mir hängen. Wetten, daß sich das bei Ihrem Operationsclub auch so entwickelt? Und wird die Krankenkasse meinen Mitgliedsbeitrag übernehmen?»

«Die Versicherungen bearbeite ich gerade», meinte er. «Alle Krankenversicherungen sollten die Kosteneinsparungen bei Clubmitgliedern sehr attraktiv finden.»

«Was halten die Ärzte von der Idee?»

«Die meisten finden sie großartig, weil sie ihnen große Vorteile bietet. Wird zum Beispiel das Einsetzen eines künstlichen Hüftgelenks zur Operation des Monats erkoren, müssen die Hüftspezialisten ein Vermögen machen, besonders, wenn der Eingriff ein Bestseller wird.»

Mein Freund zeigte mir die Nullnummer der Mitgliedszeitschrift des Clubs.

«Wenn Sie beitreten, erhalten Sie fünfzehn Ausgaben dieses vierfarbig illustrierten Magazins, das Sie über die Operationen informiert, die in der jeweiligen Klinik ausgeführt werden, und Ihnen einen Überblick über den beruflichen Werdegang der Chirurgen gibt, die die Eingriffe vornehmen. Außerdem lassen wir die Techniken der Chirurgen von Medizinkritikern besprechen.»

«Hier ist ein Bericht über Dr. Paramedics Geschick beim Entfernen von Gallensteinen.»

Mein Freund las ihn mir vor. «Dr. Paramedic hat im Lauf seiner Karriere zweitausend Gallensteinoperationen ausgeführt. Greift er erst einmal zum Skalpell, kann er es nicht mehr aus der Hand legen. Wem an einer erregenden, schmerzlosen Operation gelegen ist, kommt an einer flotten, fesselnden Gallenstein-Entfernung im Paramedic-Stil nicht vorbei. ‹Bei Gallensteinen ist Paramedic weitaus der Beste›, schrieb die *New York Times.*»

«Das haben Sie alles genau durchdacht», sagte ich voller Bewunderung. «Wenn sich der Operationsclub durchsetzt, brauchen sich die Krankenhäuser nie mehr um die Belegung ihrer Betten zu sorgen.»

Er schien sich über meine Reaktion zu freuen. «Wissen Sie was? Schreiben Sie sich als erstes Mitglied ein, und ich arrangiere eine kostenlose Bruchoperation für Sie.»

«Ich habe aber keinen Bruch», wandte ich ein.

«Dann wählen Sie halt eine Alternative. Für uns ist das gehupft wie gesprungen.»

Wie hast du gewählt, Genosse?

Haben Sie sich jemals gefragt, wie es in der Sowjetunion bei Wahlen zuginge, wenn westliche Methoden angewandt würden?

«Hier Dan Ratewitsch von der Arbeitsgemeinschaft Sowjetischer Rundfunkanstalten mit unserer Wahlsondersendung. Es liegen die Ergebnisse von 0,1 Wahlbezirken vor, und die ASR gibt bekannt, daß Michail Gorbatschow einen ebenso überraschenden wie überwältigenden Wahlsieg errungen hat.

Hier bei uns im Studio ist Wladimir Gallupski, der eines der bedeutendsten demoskopischen Institute der Sowjetunion leitet. Genosse, würden Sie uns bitte erklären, wie es zu diesem Ergebnis kam?»

«Zunächst einmal war die Wahlbeteiligung hoch, was für die Kommunistische Partei immer ein gutes Zeichen ist. Gorbatschows Popularität reichte über alle Altersgruppen hinweg, von den jungen Hooligans zu den Altstalinisten. Er hatte auch die Unterstützung der Gewerkschaften und der Armee. Der entscheidende Faktor war meiner Auffassung nach jedoch die unerwartet starke Präsenz des KGB in den Wahllokalen.»

«Zur Stimmabgabe?»

«Nein, die KGB-Leute erschienen nur, stellten sich neben die Wahlurnen und *beobachteten* die Leute bei der Stimmabgabe. Und sowie die noch Unentschlossenen sie erblickten, waren sie nicht mehr unentschlossen.»

«Sie glauben also, daß Gorbatschow seinen Sieg dem KGB verdankt?»

«Genosse, ohne die Unterstützung des KGB ist noch

niemand zum sowjetischen Regierungschef gewählt worden.»

«Ich danke Ihnen, Genosse Gallupski. Nun schalten wir um zu einem Wahllokal in Kiew, wo sich Alexander Nowisty mit einem Wähler unterhält, der gerade für Gorbatschow gestimmt hat.»

«Genosse Ratewitsch, ich spreche hier mit dem Genossen Michail Dobrinsky, einem Metallarbeiter vom Kombinat ‹Lenin›. Genosse, was bewog Sie, Gorbatschow Ihre Stimme zu geben?»

«Er ist jung und hat neue Ideen. Ich war es müde, in jedem Wahljahr von denselben alten Politikern dieselben Versprechungen zu hören. So beschloß ich, für jemanden zu stimmen, der das Land wieder in Schwung bringt.»

«Vielen Dank, Genosse. Genosse Ratewitsch, ich werde mich nun an jemanden wenden, der nicht für Gorbatschow stimmte. Er sitzt dort drüben in diesem Polizeitransporter, aber ich werde das Mikrophon ans Drahtgitter halten. Genosse, können Sie uns sagen, warum Sie nicht für Gorbatschow gestimmt haben?»

«Wie sollte ich wissen, daß es eine Wählerbefragung *nach* der Stimmabgabe gab?»

«Für Gorbatschow haben Sie nicht gestimmt. Wen haben Sie dann gewählt?»

«Ich ließ meinen Stimmzettel leer, warf ihn in die Urne, ging hinaus, um mir eine Zigarette anzustecken, und ehe ich mich versah, saß ich im Polizeiwagen.»

«Wer sitzt denn noch mit Ihnen im Transporter?»

«Drei Dissidenten, vier Staatsfeinde und zwei Konterrevolutionäre, die ‹Feuer und Flamme für diesen Staat› brüllten.»

«Genosse Nowisty, ich muß Sie unterbrechen. Wir schalten um zu Gorbatschows Wahlzentrale im Ballsaal des Hotels ‹Moskwa›, wo Roger Muddnikow sich bereit hält. Genosse Muddnikow, es scheint ja intensiv gefeiert zu werden.»

«Das reinste Irrenhaus, Genosse Ratewitsch. Gorbatschows Anhänger schreien sich die Hälse wund, seit Sie seinen Sieg bekanntgegeben haben. Der neue Generalsekretär muß jeden Augenblick kommen, und ich hoffe, daß er mir ein Interview gewährt. Er trifft bestimmt gerade ein, denn es wird die *Rocky*-Melodie gespielt. Ah, da ist er. Genosse Gorbatschow, würden Sie sagen, dies sei die bedeutendste Nacht Ihres Lebens?»

«Es war eine lange, schwere Schlacht, von den sibirischen Vorwahlen im Februar bis zu dem knappen Ergebnis am Kaspischen Meer. Doch den Wendepunkt stellten für mich die Debatten dar.»

«Wir haben aber keine Debatten zu sehen bekommen.»

«Die fanden alle im Kreml statt. Sie bilden sich doch nicht etwa ein, wir würden so etwas im Fernsehen zeigen?»

«Genosse Gorbatschow, entschuldigen Sie die knallharten Fragen, aber die sowjetischen Medien haben ihre Aufgabe zu erfüllen. Wie kommt es, daß die Bürger sowjetische Politiker für unglaubwürdig halten?»

«Wie heißen Sie?»

«Na schön, wenn Sie darauf nicht antworten wollen, geben Sie vielleicht Ihre Jurij-Andropow-Imitation zum besten.»

«Genossen, hier Dan Ratewitsch. Wegen technischer Probleme ist die Leitung zu Roger Muddnikow unterbrochen. Wir schalten so bald wie möglich zu ihm zurück – aber wer weiß ...?»

Let's Have Lunch

Die Außenpolitik dieses Landes läuft so oft schief, weil man alles, was ein Amerikaner sagt, für bare Münze nimmt. Ich habe einen französischen Freund namens Michel Bernheim. Kürzlich traf ich ihn auf der Straße und sagte nach dem üblichen Gelaber über Paris zu ihm: «Rufen Sie mich irgendwann mal an.»

Tags darauf war er am Apparat.

«*Bonjour*», sagte er. «Hier Michel. Sie wollten von mir angerufen werden.»

«Hab ich das gesagt?»

«*Oui*, erinnern Sie sich denn nicht mehr? Gestern haben wir in der Pennsylvania Avenue miteinander gesprochen.»

«Damit wollte ich nicht sagen, daß Sie mich gleich anrufen sollen. Ich versuchte nur, mich auf nette Weise von Ihnen zu verabschieden.»

«Dann wollen Sie also nicht am Telefon mit mir reden?»

«Offen gesagt, fällt mir nichts ein.»

«Sie haben aber gesagt, ich soll Sie anrufen.»

«Stimmt ja, Michel. Ich bin im Augenblick entsetzlich beschäftigt. Warum gehen wir nicht mal zusammen zum Lunch?»

«Gute Idee. Wann?»

«Das kann ich noch nicht sagen. Rufen Sie mich doch mal.»

Zwei Tage später rief jemand vom Gehsteig aus meinen Namen. Ich machte mein Bürofenster auf, und unten stand Michel.

«Was soll das Geschrei?» brüllte ich zu ihm hinunter.

«Sie haben gesagt, ich soll Sie rufen, wenn ich mit Ihnen zum Lunch will. Geht das heute?»

«Heute habe ich zu tun.»

«Ja, wann klappt es denn eigentlich mal?»

«Weiß ich nicht genau. Die nächsten drei Wochen bin ich festgenagelt.»

«Warum haben Sie dann gesagt, ich soll Sie zum Lunch rufen, wenn Sie so festgenagelt sind?»

«Michel, Sie leben schon lange genug hier, um zu wissen, daß ein Amerikaner, der sagt, ‹*Let's have lunch sometime*›, es nicht unbedingt ernst meint. Das ist nur eine Höflichkeit. Die Franzosen sagen ‹*Au revoir*›, die Deutschen ‹Auf Wiedersehen›, die Spanier ‹*Hasta mañana*› und die Amerikaner ‹*Let's have lunch*›, was bei uns bedeutet, ‹melde dich nicht bei mir, ich werde Kontakt mit dir aufnehmen›.»

«Belästigen wollte ich Sie nicht», sagte Michel.

«Haben Sie auch nicht getan. Wissen Sie was? Wir verabreden uns demnächst mal auf ein Glas.»

«Das wäre schön», sagte Michel.

Am nächsten Tag saß ich schwitzend über einer Kolumne, als die Tür aufging und Michel den Kopf hereinsteckte.

«Was gibt's jetzt?»

«Ich wollte nur mal sehen, ob Sie Lust auf ein Glas haben.»

«Sehen Sie denn nicht, daß ich arbeite?»

«Schon, aber erst jetzt.»

«Michel, Sie treiben mich zur Verzweiflung. Sie dürfen nicht alles, was wir Amerikaner sagen, für bare Münze nehmen. ‹Verabreden wir uns demnächst mal auf ein Glas›, habe ich nur gesagt, weil ich wollte, daß Sie aufhören, unter meinem Fenster nach einem gemeinsamen Mittagessen zu schreien.»

«Dabei hätten Sie nur zu sagen brauchen, daß Sie nichts mit mir zu tun haben wollen», sagte Michel verletzt, «anstatt mich dauernd einzuladen und dann die Verabredung nicht einzuhalten.»

Ich fühlte mich ungut. «Sie haben recht. Es ist mir peinlich, Sie so behandelt zu haben. Unser Problem ist halt, daß wir so daran gewöhnt sind, uns mit dem Versprechen auf ein baldiges Treffen zu trennen, daß niemand hier damit rechnet, daß der andere sich daran hält. Wenn wir mit jedem, dem wir zufällig auf der Straße begegnen, zum Lunch gingen, bliebe unsere ganze Arbeit liegen.»

«Ich verstehe», meinte Michel. «Aber wenn Sie es sich anders überlegen, haben Sie ja meine Karte und können mich anrufen.»

«Ihre Karte habe ich nicht mehr, Michel. Das ist eine weitere amerikanische Eigenheit, die Sie nicht verstehen. Wir tauschen Geschäftskarten aus, werfen sie aber gewöhnlich weg, sobald wir nach Hause kommen.»

Der Tod eines Handlungsreisenden

ENTWICKLUNGSLÄNDER REDUZIEREN WAFFENKÄUFE – MAGERE ZEITEN FÜR WAFFENHÄNDLER. Schlagzeile aus der *New York Times.*

Willy Loman kam von einer Weltreise zurück und ließ seine beiden großen Musterkoffer in der Diele auf den Boden plumpsen.

Seine Frau Linda kam zur Begrüßung herausgeeilt. «Wie waren die Geschäfte?» fragte sie, obwohl sie ihm die Antwort schon vom Gesicht abgelesen hatte.

«Keinen Krümel hab ich gekriegt», klagte Willy. «Früher konnte ich im frischgebügelten Anzug und blankgewichsten Schuhen in die Hauptstadt jedes beliebigen Drittweltlandes marschieren und mit Bestellungen im Wert von zwei Milliarden Dollar wieder abziehen. Heutzutage aber kann ich schon von Glück sagen, wenn sich ein Verteidigungsminister mein Programm überhaupt ansieht. Ich glaube, ich werde langsam alt.»

Linda nahm ihm den Mantel ab. «Dafür kannst du nichts, Willy. Heute früh habe ich im Radio gehört, die Länder der dritten Welt kämen nicht mehr so an die Kredite für Waffen heran wie zur Hochkonjunktur der siebziger.»

«Mann, tun mir die Füße weh», sagte Willy. «Fast hätte ich mit König Hussein einen Deal über sechzehnhundert Stinger-Luftkampfraketen abgeschlossen. Damit hätte sich die ganze Reise rentiert.»

«Was ging dann schief?» fragte Linda.

«Seine Majestät wurde sauer auf Reagan, griff die USA an und sagte, er würde die Dinger wahrscheinlich bei den

Sowjets kaufen. Verflucht, vor zehn Jahren flehte er mich auf Knien um Luftabwehrraketen an.»

«Du hast dein Bestes gegeben, Willy.»

«Mein Bestes ist auch nicht mehr, was es einmal war. Die verdammten Franzosen unterbieten uns im Irak, die Briten erzählen ihren Commonwealth-Ländern, unser F-16 sei Schrott, und die Westdeutschen verhökern ihre Leos in Südamerika mit allen möglichen Vorzugskrediten.»

«Und Brasilien? Da bist du doch immer massenhaft Geschütze losgeworden.»

«Brasilien ist pleite. Außerdem hat es seine eigene Rüstungsindustrie aufgebaut und exportiert jetzt selbst.»

«Aus Argentinien kamst du nie ohne einen Auftrag zurück», sagte seine Frau.

«In Argentinien gab es einen Regierungswechsel. Die Militärjunta, die rausflog, hatte genug Waffen für acht Falklandkriege auf Lager. Früher, wenn ich dort ankam, sagte jeder im Verteidigungsministerium: ‹Willy Loman ist da.› Und ich segelte mit einem breiten Lächeln an allen anderen Waffenvertretern vorbei direkt ins Arbeitszimmer des kommandierenden Generals, der sagte: ‹Holen Sie mal Ihr Auftragsbuch raus, Willy. Für Sie hab ich einen ellenlangen Einkaufszettel.› Mein General sitzt jetzt im Gefängnis, und als ich mich diesmal dort sehen ließ, wurde ich von allen ausgelacht. Mich nimmt kein Mensch mehr ernst.»

«Aber Willy!» rief Linda. «Du bist doch überall beliebt. Wurdest du nicht vom König von Saudi-Arabien zum Abendessen eingeladen, nachdem du ihm das AWACS-Frühwarnsystem verkauft hattest?»

«Das war vor zwei Jahren. Als ich diesmal in den Palast wollte, hielt mich ein Vetter dritten Grades am Tor an und sagte, der König sei wegen der Ölschwemme nicht kauflustig. Ich versuchte, ihm einen Northrop F-20 aus meinem Musterkoffer zu zeigen, aber er knallte mir das Tor vor der

Nase zu. Wenn ich in Saudi-Arabien nicht mehr verkaufe, wo werde ich dann noch etwas los?»

«Und die Inder? Von denen hast du doch immer Aufträge bekommen.»

«Schon, aber die kaufen inzwischen bei den Russen. Vielleicht sollte ich mir einen neuen Anzug zulegen. Irgendwie bring ich's einfach nicht mehr. Es gab einmal eine Zeit, da drehte ich den Filipinos ein ganzes Geschwader Torpedoboote an, und sie erkundigten sich noch nicht einmal nach dem Preis. Wenn ich jetzt einen Verkauf durchziehen will, verlangen sie zehn Prozent Schmiergeld für ihre Waisenstiftung, dreißig Prozent auf einem Nummernkonto in der Schweiz und zehn Prozent für die Christliche Mission des Schwagers in Luzon. Mit so einem Auftrag kann ich mich nicht zurück in die Firma wagen.»

«Willy, du bist erschöpft. Morgen ziehst du bestimmt etwas an Land. Wie ich höre, wird der Krieg in El Salvador heißer. Libyen könnte in den Sudan einmarschieren, und im Libanon werden immer Waffen gebraucht. Und vergiß Taiwan und China nicht. Waffenverkäufer werden in der dritten Welt immer gebraucht, und du bist immer noch der Spitzenmann der Branche.»

Willys Sohn Biff kam herein. «Na, wie ist's gelaufen?»

«Toll. Ich hab wirklich was geleistet. Gestern sagte mir der König von Marokko: ‹Willy, wenn ich von den USA jemals wieder einen Kredit bekomme, kaufe ich Ihnen alle Cruise Missiles in Ihrem Musterkoffer ab.›»

Der Vierzig-Millionen-Dollar-Mann

Alles, was ich über Sport weiß, entnehme ich den Zeitungen. Es ist nicht lange her, daß Riesenschlagzeilen verkündeten, Los Angeles Express, ein Verein der amerikanischen Football-Liga, habe für vierzig Millionen Dollar Steve Young, einen jungen Quarterback, eingekauft.

Einzelheiten zum Auszahlungsmodus variierten von Sportzeitung zu Sportzeitung: Der eine Artikel, den ich durchlas, erklärte, das Geld würde über einen Zeitraum von dreiundvierzig Jahren hinweg ausgezahlt. Die Story verriet aber nicht, ob Mr. Young nun auch dreiundvierzig Jahre lang spielen müsse. Ich kann mir aber vorstellen, daß der Förderer einer Profimannschaft der Football-Liga, der vierzig Millionen Mäuse auf den Tisch legt, erwartet, daß ein Quarterback über die volle Laufzeit seines Vertrages hinweg auch spielt.

Da Young nun fünfundzwanzig ist, vermute ich, daß er für die ersten fünfzehn Jahre seinem Ruf gerecht wird.

Doch wenn er an die Vierzig geht, könnte es etwas strapaziös für ihn werden.

Die ersten Anzeichen, daß er als Angriffsspieler nicht mehr ganz in Form ist, könnten in einem Ausscheidungstreffen 1999 mit Chicago Blitz kommen. Young wird zum vierten Mal abgefangen, und der Trainer kocht vor Wut.

«Was ist denn mit dir los?» brüllt er.

«Weiß ich selbst nicht», schnauft Young. «Mir tut die Schulter weh. Ich könnte ein paar spielfreie Wochen gebrauchen.»

«Ein Quarterback, der uns vierzig Millionen gekostet hat, bekommt keine paar Wochen Urlaub. Du kostest uns so viel, daß wir uns keinen Ersatzspieler leisten können. Los jetzt, wenn wir wieder am Ball sind, stößt du zu und legst uns drei Versuche!»

Zehn Jahre später kommt Young, der fünfzig ist und vierzehn Knieoperationen hinter sich hat, auf den Platz gehumpelt. Er wird neunmal umgelegt. Einem neuen Trainer steht der Schaum vorm Mund.

«Warum bist du bei der letzten Attacke nicht durchgestartet?» schreit er.

«Wollte ich ja, aber irgendwie hab ich nicht mehr soviel Dampf drauf», antwortet Young.

«Mach mir bloß nichts vor. Du bist der höchstbezahlte Quarterback im amerikanischen Football. Hätten wir geahnt, daß du nicht durchstarten kannst, hätten wir dich nie eingekauft.»

«Meine Knie bringen mich noch um.»

«Nach der Saison lassen wir dich noch mal operieren. Aber jetzt spielst du entweder ordentlichen Football, oder wir schieben dich an die Alaska Eskimos ab. Der Förderer der Mannschaft hat keine vierzig Millionen rausgetan, um zugucken zu müssen, wie sein Quarterback auf dem Platz rumfällt.»

Zehn Jahre später ist Young sechzig, hat zwei künstliche Knie, zwei künstliche Hüftgelenke und eine künstliche Schulter und sagt beim Los Angeles Express noch immer die Strategie an. Er ruft im Gedränge einen verdeckten Paß aus und versucht dann den Ball an seinen Fullback abzugeben, dessen Aufgabe die Verteidigung ist. Der Ball fällt aber zu Boden, Tampa, die gegnerische Mannschaft, bringt ihn in ihren Besitz und holt Punkte.

Nun reicht es dem Förderer des Los Angeles Express. Er stürmt von der Tribüne und fängt an, Young zur Sau zu machen.

«Warum tun Sie mir das an?» herrscht er.

«Tut mir leid, Sir, aber es fällt mir immer schwerer, die Spielzüge zu behalten.»

«Dafür werden Sie bezahlt. Glauben Sie vielleicht, ich habe vierzig Millionen für einen Quarterback rausgeworfen, der nicht mal mehr ins Regelbuch guckt?»

«Ich schaue ja immer wieder rein, kann mir aber nichts mehr merken. Sir, könnte man mich nicht aus meinem Vertrag entlassen?»

«Vertrag ist Vertrag. Sie haben noch acht Jahre abzureißen. Ich habe viel in Sie investiert, Young, und denke nicht daran, Sie jetzt in Ihrer Blüte laufenzulassen.»

Acht Jahre später tritt Young zu seinem letzten Spiel an. Er ist zweimal wegen grauen Stars operiert worden, hat einen Herzschrittmacher eingesetzt bekommen und eine Nierentransplantation hinter sich und wird im Rollstuhl zum Spiel gebracht.

Zwei Linienrichter haben die Aufgabe, ihn zu stützen, wenn er in Ballbesitz kommt. Beim ersten Spiel bricht die gesamte Verteidigungslinie der Georgia Gorillas durch und walzt Young platt.

Als er fünf Minuten später noch immer nicht auf den Beinen ist, schickt der Verein die Sanitäter, die ihn auf einer Bahre vom Platz tragen. Während sie ihn verarzten, wendet sich ein Reporter an den Förderer des Vereins. «Nun, war er die vierzig Millionen wert?»

«Im Rückblick wahrscheinlich nicht. Aber genau läßt sich so etwas erst sagen, wenn man den Mann eine Zeitlang eingesetzt hat.»

Liebes altes Ekel

Vor einiger Zeit erlebte ich etwas Wunderbares. Ich schaltete den Fernseher ein und bekam Richard Nixon zu sehen. Nach der Sendung sagte ich zu meiner Frau: «Er sieht prächtig aus. Findest du nicht auch, daß er sich gut gehalten hat?»

«Genau der alte Nixon», stimmte sie zu. «Er hat sich kein bißchen verändert, etwas gesetzter ist er vielleicht geworden.»

«Ja, gesetzter wirkt er», meinte ich. «Aber jedesmal, wenn er über die Leute herzog, die ihn damals fertigmachten, hatte man das Gefühl, daß die alten Nixon-Funken noch sprühen.»

Meine Frau griff nach meiner Hand. «Er fehlt dir, nicht wahr?»

«Selbstverständlich. Wer vermißt Nixon nicht? Er war unser größter Präsident. Wenn es ihn nicht gegeben hätte, säßest du heute abend nicht in deinem hermelingefütterten Morgenrock da, und ich trüge auch keinen Schlafanzug aus Naturseide und Pantoffeln von Gucci.»

«Ja, Watergate tat uns gut», seufzte meine Frau.

«Das war unsere einträglichste Zeit», stimmte ich zu. «Nixon im Fernsehen, das weckt so viele Erinnerungen.»

«Glaubst du, daß er das Ganze jetzt bedauert?»

«Aber sicher. Hast du ihn nicht sagen hören, er bedauerte, die Tonbänder nicht verbrannt zu haben?»

«Nein, ich wollte fragen: Tut ihm Watergate jetzt leid?»

«Ich glaube schon. Er meinte, es sei von Anfang an hirnrissig gewesen, er sagte, es sei dumm gewesen, die Sache zu vertuschen zu versuchen, und er bedaure auch, daß es dem CIA nicht gelungen sei, das FBI aus den Ermittlungen herauszuhalten, und insgesamt hatte man das Gefühl, daß ihm die

Leute sehr leid tun, die damals redeten, wenn sie besser den Mund gehalten hätten. Aber er scheint keinen Groll gegen jene zu hegen, die ihm einen Pfahl ins Herz stießen. Aber zum Haß neigte Nixon ja nie.»

«Ich hatte den Eindruck, daß er den Medien immer noch übelnimmt, ihn aus dem Amt vertrieben zu haben.»

«Ich empfand das nicht so», sagte ich. «Nixon war sein Leben lang Pragmatiker. Wenn er Grundsätze hat, dann diesen: Da es deine Feinde immer auf dich abgesehen haben, mußt du sie als erster erwischen. Aber übel nimmt er nichts; das ist nicht seine Wesensart.»

«Kannst du je den Abend vergessen, an dem er uns vom Bildschirm sagte: ‹Ich bin kein Gauner›?»

«Er war der erste Präsident in unserer Geschichte, der das aussprach. Er machte dem Land in seiner finstersten Stunde Mut.»

«Warum war er wohl diesmal im Fernsehen?»

«Vermutlich, um für klare Verhältnisse zu sorgen. Während der Vertuschung wurde in seiner Regierung über so viel Illegales geredet, daß Nixon die Öffentlichkeit wissen lassen wollte, gegen wie vieles er persönlich etwas einzuwenden hatte. Was ich heute abend gut fand, war sein Eingeständnis, er habe die schmutzigen Tricks nicht abgelehnt, weil sie illegal, sondern weil sie nicht erfolgversprechend waren.»

«Aufrichtiger kann man wirklich nicht sein», bemerkte meine Frau.

«Mangelnder Aufrichtigkeit ist Nixon nie bezichtigt worden. Aber jetzt hat er nichts mehr zu verlieren, wenn er persönlich die Schuld auf sich nimmt und sagt, zu seinem Sturz habe in Wirklichkeit der schlechte Rat seiner Anwälte geführt.»

«Das nehme ich ihm ab», sagte meine Frau. «Warum hatte er keine besseren Anwälte?»

«Die standen alle auf der Gegenseite und versuchten, ihm auf die Schliche zu kommen.»

«Mich hat sehr bewegt, als er von seiner letzten Nacht im Weißen Haus erzählte und wie er sich mit Henry Kissinger zum Gebet hinkniete.»

«Noch viel faszinierender wäre gewesen, wenn wir erfahren hätten, um was Henry betete.»

Luftschlösser

Der neueste Trend unter Baulöwen ist, Hochhäuser so dicht wie möglich neben Flughäfen zu stellen. Washingtons National Airport ist das perfekte Beispiel für diese phantasievolle Methode, das einstmals riesige Ödland Luftraum zu nutzen.

Gerade am anderen Ufer des Potomac ragt in der kleinen Stadt Rosslyn ein silberner Turm gen Himmel; ein willkommenheißendes Wahrzeichen für alle Piloten, die versuchen, einen der betriebsamsten Flughäfen des Landes anzufliegen oder von ihm zu starten. Und daneben wächst ein Zwillingsgebäude in die Höhe, so daß Fluggäste, die in Washington ankommen, nicht nur von einem Betonklotz begrüßt werden, sondern von zweien.

Vater dieser Flughafen-Wolkenkratzer ist Alf Klagstrom, ein Bauunternehmer, der mit fünfzig Dollar und einem Traum anfing.

Ich saß mit Alf in der Wolken-Suite im dreißigsten Stock des Klagstrom-Tower und ließ mir von ihm erzählen, wie er auf die Idee für diesen einmaligen Grunderschließungsplan kam.

«Anfang der sechziger Jahre verkaufte ich von Haus zu Haus Wohnmobile und war viel mit dem Flugzeug unterwegs», sagte er. «Dabei fiel mir auf, daß die meisten bedeutenden Flughäfen irgendwo auf der grünen Wiese lagen, umgeben von Ackerland und häßlichen einstöckigen Gebäuden. Meilenweit um die Terminals herum kein anständiges Stück Architektur, und niemanden schien zu scheren, daß das ganze schöne Land brachlag. ‹Warum›, fragte ich mich, ‹ziehst du eigentlich in der Nähe der Abfertigungsgebäude keine Stadt hoch, damit sich die Geschäftsreisenden nicht durch den Verkehr zu kämpfen brauchen, um ihre Flüge zu erwischen?›

Es gab keinen vernünftigen Grund, weshalb Flughäfen so weit von den Passagieren liegen sollten, für die sie doch da sind. So beschaffte ich mir eine Option auf alles Land am Ende der Startbahn des National Airport und ließ mir von einem Architekten Vorschläge zur Nutzung des Luftraums machen.

Ich sagte ihm, was ich im Sinn hätte, solle nicht nur nützlich, sondern auch angenehm fürs Auge sein und die an- und abfliegenden Passagiere mit Ehrfurcht erfüllen.»

«Erstaunlich, daß Sie der erste waren, der auf diesen Gedanken kam», sagte ich. «Kaum jemand sonst hätte die Phantasie aufgebracht, einen Wolkenkratzer in die Einflugschneise eines Zivilflughafens zu stellen.»

«Es hatten bestimmt andere Leute vor mir diese Idee», sagte Alf bescheiden, «aber keiner war zäh genug, sie auch durchzusetzen. Anfangs war alles gegen mich. Die Banken lachten mich aus und meinten, kein Mensch wolle Räume in einem Haus am Ende einer Startbahn anmieten. Als ich ihnen sagte, die Gesamtfläche sei schon vor dem ersten Spatenstich vermietet gewesen, waren sie wie vor den Kopf geschlagen.

Dann hatte ich mich mit den Flughafenbürokraten herumzuschlagen, die einwandten, meine Wolkenkratzer könnten den Flugverkehr gefährden. ‹Das behauptete man vom Empire State Building auch, als es noch im Planungsstadium war›, gab ich zurück. Außerdem brachte ich das Argument, die Wolkenkratzer würden die Wachsamkeit der Piloten beim Landeanflug erhöhen. Und um sie zu beruhigen, bot ich an, allen Gebäuden auf eigene Kosten ein rotes Licht aufzusetzen.»

«Sehr anständig von Ihnen», sagte ich. «Gab es bei der County-Verwaltung Schwierigkeiten mit der Baugenehmigung?»

«Diese Leute waren die einzigen, die von Anfang an auf

meiner Seite standen. Sie sahen das enorme Steueraufkommen, das Bürohäuser oder Hotels dem County bringen würden, ganz zu schweigen von den Arbeitsplätzen für die Gemeinden.

Anders als die Bundesbeamten, die mir dauernd Steine in den Weg zu legen versuchten, machten mir die Gemeinderäte Mut, wenn es für mich am finstersten aussah. Und ihr Vertrauen zu mir hat sich gelohnt. Arlington, einstmals eine Schlafstadt, hat nun eine der schönsten Skylines im ganzen Land.»

«Man muß sich großartig fühlen, wenn man in so kurzer Zeit so viel erreicht hat.»

«Das ist nur der Anfang», sagte Alf. «Von überall in den Staaten haben sich Counties bei mir gemeldet und wollen Hochhäuser an ihre Flughäfen gebaut haben. Ich sehe schon den Tag, an dem jede Start- und Landebahn von Glas- und Betontürmen, hohen Hotels und Apartmentblocks umstellt ist, die eine Umwelt erzeugen, die das Leben jedes Amerikaners bereichert.»

Während unserer Unterhaltung flog eine DC-8 an Alfs Fenster vorbei und streifte mit der Tragfläche beinahe die große Azalee auf seinem Balkon. Alf winkte den Fluggästen, die durch die Fenster deutlich zu erkennen waren, zu. «Ich verdiene gut bei diesem Geschäft», meinte er, «aber am schönsten für mich sind die begeisterten Gesichter der Passagiere, wenn sie an meinem Haus vorbeifliegen.»

Geheimoperation, publik

Ein Veteran aus der CIA-Centrale in Langley, der nun in einem konspirativen Haus in McLean untergebracht worden ist, sagte zum Thema Nicaragua: «Eine Geheimoperation des CIA, die so publik ist wie diese, habe ich noch nie erlebt.»

«Das habe ich mir auch schon gedacht», versetzte ich. «Ich dachte, eure Jungs müßten gut getarnt sein, wenn sie sich in die Urwälder von Zentralamerika wagen.»

«Das war früher auch der Fall. Doch der gegenwärtigen US-Außenpolitik nach müssen wir der ganzen Welt zu verstehen geben, daß wir verdeckt operieren, um El Salvador zu retten und Nicaragua zum Kollaps zu bringen. Präsident Reagan will sicherstellen, daß Freund und Feind bewußt ist, daß die Vereinigten Staaten aktiv beteiligt sind.»

«Warum erklärt er dann nicht ganz offen den Krieg und läßt es dabei bewenden?»

«Für eine Kriegserklärung braucht er die Zustimmung des Kongresses. Und in einem Wahljahr wird er um die nicht bitten. Deshalb führt der Präsident einen geheimen Krieg, begleitet vom Trara eines offenen. Der Haken ist nur: Wenn man einen geheimen Krieg führt, bekommt man eine Menge Beschränkungen auferlegt, damit er nicht zum offenen Konflikt wird. Die Verminung der Häfen von Nicaragua ist ein gutes Beispiel hierfür. Der Präsident erklärte, es sei eine verdeckte Operation gewesen – der Rest der Welt hielt es für eine offene Kriegshandlung.»

«Und der Kongreß strich dem CIA die Mittel für den Krieg in Zentralamerika.»

«Da beging der Präsident einen schweren Fehler, denn bis zu diesem Punkt unterstützten Repräsentantenhaus und Senat die Geheimoperationen des CIA in unserer Hemisphäre. Zweck der geheimen Kriegführung ist nämlich, müssen Sie wissen, daß die Regierung beteuern kann, von nichts gewußt zu haben, wenn etwas schiefgeht. Da die Verminung jedoch von jedem Mitglied der Administration verteidigt wurde, war es ausgeschlossen, sie einem wildgewordenen Elefantenbullen vom CIA zuzuschieben.

Die Strategie der Regierung war folgende: je mehr Publicity um die geheime Verminungsaktion, desto deutlicher der Wink an die Sandinisten, daß wir es wirklich ernst meinen. Unglücklicherweise faßte der Kongreß das ebenso auf.»

«Soll das bedeuten, daß der geheime Krieg des CIA in Zentralamerika nun vorbei ist?»

«Beileibe nicht. Er wird nur sehr viel geheimer geführt werden. Die Mittel müssen vom Budget des Kultusministeriums abgezweigt werden, CIA-Agenten werden sich als Händler an der Kaffeebörse in Honduras zu tarnen haben, und Präsident Reagan muß endlich aufhören zu protzen, wie glatt die Geheimoperationen seiner Regierung in der westlichen Hemisphäre laufen.»

«Das kommt dem Präsidenten bestimmt nicht leicht über die Lippen», merkte ich an.

«Was bleibt ihm denn anderes übrig? Er braucht die Unterstützung des Kongresses für seine Politik, die Armee von El Salvador auszubilden, damit sie die von Nicaragua ausgebildeten salvadorianischen Rebellen effektiver bekämpft.»

«Wollen Sie damit sagen, daß die Nicaraguaner einen geheimen Krieg gegen El Salvador führen, während wir zur gleichen Zeit verdeckt gegen Nicaragua kämpfen?»

«Jawohl. Der einzige Unterschied ist, daß die Nicaraguaner das abstreiten, was ich ihnen hoch anrechnen muß.»

«Warum?»

«Wenn wir einen Geheimkrieg dementieren, kann jeder so tun, als hätten wir nichts damit zu tun. Bezieht man aber eine

Rechtsposition wie Präsident Reagan, und die Sache geht in die Hose, sitzt man in Zentralamerika in der –»

«Was hätte der Präsident denn tun sollen, als die Verminungsaktion durchsickerte?»

«Vor der Öffentlichkeit entsetzt reagieren. Dann hätte er persönlich eine Kommission unter Henry Kissinger einsetzen sollen, mit der Frage befaßt, wie solche Vorfälle in Zukunft zu vermeiden seien. Und schließlich hätte er Bill Casey stecken sollen, er wolle sein Männerfreund nicht mehr sein, wenn sich sein CIA weiter so widerwärtig verhielte.»

«Das Land braucht aber einen Geheimdienst!» protestierte ich.

«Gegen die Existenz des CIA ist nichts einzuwenden», sagte der Veteran. «Aber irgendwo stinkt etwas, wenn er plötzlich zur profiliertesten Behörde der ganzen Regierung wird.»

Argentinienhilfe

Sie mögen aus der Presse erfahren haben, daß Argentinien vor nicht so langer Zeit aus einer bösen Schuldenklemme befreit wurde. Es bekam von Freunden Geld vorgeschossen, um die Zinsen für seine enormen Schulden zu bezahlen.

Dies war zwar keine Sensationsnachricht, aber die Tatsache, daß Mexiko und Brasilien einsprangen, löste Konsternation aus, denn diese beiden Länder sind noch höher verschuldet als Argentinien. Wie kommt ein Land, das selbst pleite ist, zu Krediten, um einem anderen Bankrottstaat aus der Patsche zu helfen?

Das geht nach dem Spiegel-Prinzip.

Der Finanzminister von Brasilien geht zu einem Konsortium amerikanischer und europäischer Banken und sagt: «Wir wollen fünfzig Millionen Dollar pumpen.»

«Moment», protestiert das Konsortium, «Sie stehen doch schon mit Milliarden bei uns in der Kreide. Wie können wir Ihnen noch mehr leihen?»

«Das Geld ist doch nicht für uns, sondern für Argentinien bestimmt, damit es seinen Schuldendienst leisten kann.»

«Warum wollen Sie Argentinien Geld geben, wenn Sie Ihre eigenen Kredite nicht an uns zurückzahlen können?»

«Weil wir mit Argentinien befreundet sind und Lateinamerikaner einander immer helfen.»

«Das ist aber kein triftiger Grund, Ihnen fünfzig Millionen Dollar zu geben.»

«Gut, dann will ich Sie mit einem anderen Motiv versorgen. Wenn Sie uns kein Geld für Argentinien leihen, ist

Argentinien nicht in der Lage, seinen Zahlungsverpflichtungen nachzukommen, und die amerikanischen und europäischen Banken können ihre Kredite in den Kamin schreiben.»

«Diesen Verlust können wir hinnehmen», sagt ein Sprecher des Konsortiums.

«Moment, das ist noch nicht alles. Wenn Argentinien Pleite macht, fühlt sich auch Brasilien nicht mehr verpflichtet, seine Schulden zurückzuzahlen. Wollen Sie auch das hinnehmen?»

«Sie erpressen uns um fünfzig Millionen.»

«Eigentlich um mehr. Draußen steht der mexikanische Finanzminister und will Sie um hundert Millionen für Argentinien angehen.»

«Aber Mexiko ist doch auch bankrott!»

«Wer denn nicht? Wenn Ihre Banken international im Geschäft bleiben wollen, werden sie weiterhin Ländern Geld leihen müssen, die damit anderen Schuldnerstaaten, deren Zinsen fällig sind, aus der Klemme helfen. Und bittte, ich erwarte ja nicht, daß Sie mir die fünfzig Millionen in der Aktentasche überreichen. Das Geld kann in Ihren Banken bleiben; es handelt sich um eine reine Papiertransaktion. Nehmen Sie die fünfzig Millionen, die Sie Brasilien leihen, schreiben Sie sie Argentinien gut, und dann haben Sie das Geld wieder für einen anderen Kredit an ein anderes Land frei.»

«Weiß die Regierung der Vereinigten Staaten, was Sie da treiben?»

«Die hat uns ja erst auf die Idee gebracht. Sie wollte nämlich keinen Präzedenzfall setzen, indem sie Argentinien selbst aus der Patsche half, und überredete deshalb Mexiko, Brasilien, Venezuela und Kolumbien zum Mitmachen. Bei diesem Arrangement stehen alle gut da. Die Staaten brauchen das Problem nicht unilateral zu lösen, und wenn wir in der Lage sind, anderen Ländern Geld zu leihen, beweist das nur, daß wir nicht die Versager sind, für die uns jeder hält. Und in den Büchern des Konsortiums bleibt Argentinien weitere sechs Monate lang solvent.»

«Nehmen wir einmal an, wir gäben Ihnen das Geld. Aber was, wenn Brasiliens Kreditzinsen fällig werden?»

Brasiliens Finanzminister lächelt. «Dann ist Argentinien an der Reihe, von Ihnen Geld zu borgen, um es an uns weiterzuverleihen.»

Sex und Vornamen

Man sollte meinen, es gäbe schon genug Diskriminierung auf Grund des Geschlechts, aber laut einer Studie des Rensselaer Polytechnic Institute haben Frauen mit Namen, die sexy klingen, geringere Chancen, eine Position im Management zu bekommen, als solche, deren Vornamen weniger sexy sind.

Die Studie, entstanden unter Leitung von Deborah Linville, einer Industriepsychologin, trägt den Titel «Vorurteile gegen weibliche Bewerber auf Vornamenbasis», und in ihr wird die These vertreten, mehr Männer als Frauen ließen sich bei der Beurteilung von Führungskräften von traditionellen, geschlechtsorientierten Klischees leiten.

Klischees wie dieses: Manager sollten über maskuline Merkmale verfügen, also motiviert und entschlußfreudig sein, und Vornamen deuteten an, was von einem Menschen zu erwarten sei.

Mrs. Linville bat Studenten höherer Semester und Graduierte des Rensselaer Polytechnic Institute, einem beliebten Gehege für angehende Top-Manager, die «subjektive sexuelle Attraktivität» von 250 weiblichen Vornamen nach einer Skala, die von 1 (nicht sexy) bis 7 (sexy) reichte, zu bewerten.

Die Definition des Wortes «sexy» lieferte sie nicht, sondern überließ sie den Studenten.

Die Befragten hielten manche Vornamen für sexier als andere. Die höchsten Werte erzielten beispielsweise Dawn (4,8), Jennifer (4,8), Cheryl (4,9) und Michelle (4,8). Als am wenigsten sexy galten Ethel (1,0), Mildred (1,5) und Esther (1,8).

Sie bat dann eine andere Gruppe, einmal «Chef» zu spielen und Bewerberinnen mit diesen sieben Vornamen zu bewerten. Weitaus mehr Männer als Frauen gaben den Trägerinnen sexuell weniger attraktiver Namen bei Einstellung oder Beförderung den Vorzug, was Mrs. Linville folgern ließ, daß Männer sich bei der Auswahl von Bewerberinnen von Vorurteilen gegen die «subjektive sexuelle Attraktivität» ihrer Vornamen leiten lassen.

Nur für den Fall, daß jemand das interessant findet, hier einige weitere Vornamen, die Studenten des RPI als «sexy» galten: Alicia, Adrienne, Andrea, Candace, Christine, Gail, Heather, Holly, Jacqueline, Julia, Kathy, Maria, Marilyn, Melanie, Renée, Susan, Tamara und Tina. Christine erzielte mit 5,08 den höchsten Wert. Eine 7 wurde nicht vergeben.

Wenn Mrs. Linvilles Schlußfolgerung korrekt ist, werden es diese Frauen in einer von Männern dominierten Welt nicht leicht haben, nach oben zu kommen.

Nun einige Namen, die als nicht sexy eingestuft wurden: Alma, Cornelia, Doris, Edna, Elvira, Florence, Magdalena, Myrtle, Rosalind, Silvana und Zelda.

Diese Frauen werden die Karriereleiter mühelos erklimmen.

Und was sollen wir nun mit dem Ganzen anfangen? Gegenwärtig läßt sich noch nichts tun, es sei denn, eine Frau änderte ihren Vornamen. Doch wenn sich dieses Vorurteil im Geschäftsleben hält, werden frischgebackene Eltern bei der Namenswahl für eine Tochter scharf nachdenken müssen. Geben sie ihr einen Namen, der «sexy» ist, kommt sie vielleicht nie in den Vorstand. Behaften sie sie mit einem, der nicht sexy ist, mag sie beruflich großen Erfolg haben, aber nervöse Freier verscheuchen.

Natürlich gibt es eine Kompromißlösung: Eltern können ihrem Mädchen einen Namen geben, der in der Mitte der Linville-Skala angesiedelt ist. Die Befragten waren sich nämlich uneins, ob die folgenden Namen sexy sind oder nicht: Anne, Audrey, Barbara, Betsy, Betty, Carolyn, Catherine, Charlotte, Elaine, Ellen, Faith, Hope, Jean, Jill, Joanne, Joyce, Laura, Linda, Marcia, Marian, Mary, Patricia, Priscilla, Ruth, Shirley, Virginia, Wendy und Yolanda.

Mit diesen Namen kommt man zwar nicht nach oben, braucht aber auch nicht am Hungertuch zu nagen.

Aus Platzgründen kann ich nicht alle 250 bewerteten Namen aufführen, und man sollte auch anmerken, daß der Vorname nicht das einzige Kriterium bei der Auswahl von Frauen für Posten mit Verantwortung darstellt. Doch Mrs. Linvilles Studie wäre als Beweismittel in einem Arbeitsgerichtsprozeß von unschätzbarem Wert. Wird eine Ethel nämlich befördert, obwohl Christine schon viel länger für die Firma arbeitet, hat Christine eine erstklassige Chance, bei der Verhandlung durchzukommen.

Andererseits: Heiratet Candace den Chef und wird Mildred nur Leiterin des Finanzwesens, hat Mildred das nur ihrem Vornamen zuzuschreiben.

Wenn der Preis stimmt . . .

Es wird spekuliert, die Fernsehkette NBC habe nach der Schießerei vor der libyschen Botschaft in London in ihrer Nachrichtensendung ein Interview mit Oberst Gaddafi gebracht – gegen Bezahlung. Das konkurrierende Netz CBS behauptet, ihm sei Gaddafi ursprünglich für fünftausend Dollar angeboten worden, aber es habe abgelehnt. Andererseits berappte CBS eine halbe Million Dollar für ein dreiteiliges Interview mit Expräsident Nixon.

Es liegt auf der Hand, daß der Preis von Exklusivinterviews mit weltbekannten Persönlichkeiten bald zu einem wichtigen Bestandteil des «Nachrichten»-Business werden wird.

Jeder Regierungschef, der etwas auf sich hält, wird sich schließlich Show-Business-Agenten zulegen, die um den Preis eines Auftritts im amerikanischen Fernsehen feilschen.

«Hallo, Gerry, hier Sam von der Agentur William Darkness. Jetzt halt dich mal fest. Ich hab dir den Ayatollah Khomeini heute abend für fünf Minuten zu bieten, auf seinem Gebetsteppich.»

«Was verlangst du für ihn?»

«Hunderttausend Dollar.»

«Sam, du spinnst. Gaddafi haben wir für fünftausend gekriegt.»

«Gaddafi ist ein Provinzterrorist. Khomeini war schon seit einer Ewigkeit nicht mehr im amerikanischen Fernsehen. Er ist bereit, über die Vereinigten Staaten und die Sowjetunion herzuziehen und einen Heiligen Krieg gegen China auszurufen. Wenn dir an dem Deal nichts liegt, ruf ich ABC an.»

«Hab ich dein Wort, daß er anschließend für sechs Monate für keine andere Kette auftritt?»

«Soll das ein Witz sein? Für ein Exklusivinterview müßt ihr zweihunderttausend hinlegen. Ich bitte dich, hier geht es um einen der im ganzen Westen verhaßtesten Männer. Wer hohe Zuschauerzahlen haben will, muß blechen.»

«Okay, wir nehmen ihn. Wen habt ihr noch für das Frühprogramm der nächsten Woche zu bieten?»

«Wie wär's mit Madame Marcos? Die hat in ‹60 Minutes› tierisch eingeschlagen.»

«Läßt sie auch etwas über den Aquino-Mord raus?»

«Die läßt alles raus, wenn der Preis stimmt. Das Kabelfernsehen hat mir fünfundsiebzigtausend geboten, aber ich sagte nein dazu. Madame Marcos ist einmalig, die verkaufe ich nicht für 'n Appel und 'n Ei.»

«Für eine solche Summe gehen wir aber knallhart an sie ran.»

«An heikle Fragen ist sie gewöhnt.»

«Okay, buchen wir sie.»

«Gerry, hältst du dich immer noch fest? Besteht Interesse an Klaus Barbie? Den könnt ihr für fünfzigtausend haben. Ihr seid dann der erste Sender, der den Schlächter von Lyon interviewt. Damit stecht ihr ‹Dallas› aus.»

«So bekannt ist er in den Staaten auch wieder nicht.»

«Gut, vergessen wir Barbie. Würdet ihr bei einem Pauschalangebot einsteigen? Präsident Assad, Yassir Arafat und Fidel Castro?»

«Was kostet uns das?»

«Siebenhundertfünfzigtausend. Die beiden anderen Netze haben großes Interesse gezeigt, und ich erwähne das Angebot bei dir nur, weil sie mir keinen Auftritt zur Hauptsendezeit garantieren wollen. Und darauf bestehen meine drei Kandidaten.»

«In dieser Angelegenheit komme ich noch einmal auf dich zu. Was steht in deinem amerikanischen Stall?»

«Du kannst Louis Farrakhan haben, aber der ist im Augenblick hochaktuell und deshalb teuer.»

«Verspricht er auch, in keiner anderen Nachrichtensendung aufzutauchen, wenn wir mit ihm einen Vertrag machen?»

«Wenn der Preis stimmt, gehört er bis zum Wahltag euch.»

Das Ende der sexuellen Revolution

Die sexuelle Revolution, verkündete das Nachrichtenmagazin *Time*, ist vorüber. Sie begann in den Sechzigern und wurde anscheinend nach heftigen Kämpfen zum Stillstand gebracht. Dem Magazin zufolge waren beide Seiten des Streites müde und haben ihn nun aufgegeben.

An den Ausbruch der sexuellen Revolution erinnere ich mich noch, als wäre er gestern gewesen. Drei Freunde kamen in mein Haus und sagten leise: «Um Mitternacht hat die Revolution begonnen. Bist du für uns oder gegen uns?»

«Ich stehe auf eurer Seite. Himmel noch mal, warum habt ihr so lange gebraucht?»

«Wir mußten abwarten, bis die geburtenstarken Nachkriegsjahrgänge erwachsen wurden. Nun sind wir bereit, die Spießbürgermoral der Vierzig- und Fünfzigjährigen zu Fall zu bringen.»

Ich ging nach oben ins Schlafzimmer und warf mich in meine Marineinfanterie-Uniform, die seit Japans Kapitulation im Schrank gehangen hatte.

«Was treibst du denn da?» fragte meine Frau.

«Wenn du mir versprichst, daß es nicht über diesen Raum hinausdringt, will ich es dir verraten», sagte ich. «Heute nacht bricht die sexuelle Revolution aus, und ich melde mich.»

«Dazu bist du doch zu alt», wandte sie ein. «Sexuelle Revolutionen sind was für junge Leute.»

«Für so etwas ist man nie zu alt», erwiderte ich sanft. «Wie könnte ich morgens in den Spiegel sehen in dem Bewußtsein, daß draußen so viele junge Menschen dafür kämpfen und ich in Sicherheit zu Hause hocke? Zudem brauchen sie Kader mit Fronterfahrung, die ihnen zeigen, wo's langgeht.»

«Und an unsere Kinder denkst du nicht?»

«Für die kämpfe ich doch gerade», sagte ich ihr ernst. «Ich möchte, daß sie frei von den Dogmen und Einschränkungen aufwachsen, unter denen unsere Generation zu leiden hatte. Ich will ihnen Möglichkeiten geben, die über unsere wildesten Träume hinausgehen. Eines Tages, wenn die Schlacht gewonnen ist, hoffe ich, daß sie stolz sind auf die Rolle, die ich beim Abschütteln überholter Tabus und Restriktionen gespielt habe.»

«Und wenn du fällst?»

«Dann hängst du dieses goldgerahmte Bild von Hugh Hefner ins Fenster.»

Meine Freunde nahmen mich mit zum Rekrutierungsbüro. «He, Opa, was willst du denn hier?» fragte mich ein Bärtiger in Sweatshirt und Jeans.

«Bei der sexuellen Revolution mitmachen.»

«Du fällst doch schon bei der Musterung durch, Mann.»

«Da kennen Sie mich aber schlecht. Ich bin heute fitter als 1945. Testen Sie mich ruhig.»

«Dafür haben wir keine Zeit. Es gibt sowieso schon zu viele Freiwillige.»

«Lassen Sie mich hinter den feindlichen Linien abspringen – Vassar, Radcliffe, Sweet Briar –, mir ist jedes exklusive College für Mädchen recht. Erfahrung ist sehr viel wichtiger als das Alter.»

«Bedaure, Opa. Die sexuelle Revolution traut keinem über dreißig.»

«Na schön, dann schickt mich halt nicht an die Front. Aber irgendwie müßt ihr mich doch einsetzen können. Vielleicht als Aufklärer?»

«Für Leute in deinem Alter haben wir nur in der Etappe Verwendung, im Feldlazarett. Da könnt ihr die Kranken und Verwundeten versorgen.»

«Ich komme also nirgendwohin, wo sich etwas tut?»

«Nein, aber die Kranken und Verwundeten brauchen auch Liebe.»

So wurde ich dem 450. Feldlazarett in Berkeley zugeteilt, wo Ende der sechziger Jahre mit die schwersten Kämpfe der sexuellen Revolution stattfanden. Die jungen Leute wurden auf Tragbahren zu uns gebracht, meist unter Schockeinwirkung und vor Erschöpfung ausgezehrt. «Sexuelle Revolution», das klingt toll, wenn sie ausbricht, aber wer sieht, wie sie die Körper und Hirne der jungen Leute zurichtet, verliert rasch seine Illusionen. Nach ein paar Jahren hielt ich es einfach nicht mehr aus und bat wegen seelischer Überlastung um Entlassung. Die gewährte man mir, und einen Verdienstorden dazu.

Ich bin froh, daß *Time* das Ende der sexuellen Revolution proklamiert hat. Wir hätten unsere Truppen schon längst zurückziehen sollen, denn dieser Krieg war nie zu gewinnen.

Kommen die Russen?

Die Vereinigten Staaten sehen sich mit einem sehr ernsten Problem konfrontiert. In El Salvador wollen sie keine Russen sehen, wohl aber in Los Angeles.

Laut Präsident Reagan rennen sie in ganz Zentralamerika herum, aber zu den Olympischen Spielen wollen sie keinen einzigen Gewichtheber schicken.

Das Außenministerium arbeitet Tag und Nacht, um umgekehrte Verhältnisse zu schaffen.

«Wie wollen Sie das Problem angehen?» fragte ich einen mit der Pattsituation befaßten amerikanischen Diplomaten.

«Wir stehen mit Moskau in Kontakt, und unsere Botschaft ist: Wir haben nichts dagegen einzuwenden, wenn sie uns in Los Angeles auf die Probe stellen, finden es aber sehr bedenklich, daß sie in Zentralamerika gegen uns antreten.»

«Die Russen sagen, sie wollten nicht nach Los Angeles kommen, weil es dort für ihre Sportler zu gefährlich sei.»

«Wir sind bemüht, ihnen klarzumachen, daß sie unsere Signale ganz falsch interpretiert haben. Gefahr für Leib und Leben droht ihnen in Nicaragua und Kuba, aber in Kalifornien haben sie nichts zu befürchten.»

«Mir ist schleierhaft, weshalb Ronald Reagan nervös wegen der Präsenz der Sowjets in El Salvador ist, in Los Angeles aber keine Angst vor ihnen hat.»

«Ganz einfach: Los Angeles liegt weiter von Washington entfernt als El Salvador von Houston. Daß die Sowjets die Olympischen Spiele boykottieren, weil sie sich hier nicht sicher genug fühlen, verletzt den Präsidenten sehr. Das Leben russischer Menschen ist Mr. Reagan heilig, wenn sie sich in den Vereinigten Staaten befinden. Gleichzeitig aber haben wir der sowjetischen Führung zu verstehen gegeben, daß es für fortgesetztes Herumschwimmen in den Gewässern unserer Hemisphäre keine Goldmedaillen geben wird.»

«Das gleichzeitige Eintreffen dieser beiden Botschaften muß in Moskau große Konfusion ausgelöst haben.»

«Der Ansicht bin ich nicht. Wir wollen doch, daß die Sowjets an der Olympiade teilnehmen. Wir geben ihnen alle Visa, die sie für Los Angeles brauchen. Aber wir lassen nicht zu, daß sie auch nur noch *einen* Hammerwerfer nach Zentralamerika schicken.»

«Vielleicht ist das die Revanche der Sowjets, weil wir 1980 ihrer Olympiade ferngeblieben sind.»

«Dazu hatten wir damals auch einen guten Grund. Die Russen waren in Afghanistan einmarschiert, und wir wollten ihnen ganz deutlich zu verstehen geben, daß wir uns ein derart kriminelles Vorgehen nicht bieten lassen. Daß wir nicht zu ihrer Olympiade fuhren, ist für sie kein Grund, von unserer wegzubleiben.»

«Wie ich höre, haben sich die Russen auch aus einem anderen Grund gegen Los Angeles entschieden: dem Smog. Waren Sie in der Lage, ihnen zu versichern, es gäbe keinen Smog in Los Angeles, wenn sie teilnähmen?»

«Über Los Angeles hängt immer Smog. Das wissen die Russen genau. Diese Ausrede ist kalter Kaffee. Wenn Sie an der Wahrheit interessiert sind: Wir vermuten, daß sie unter anderem nicht teilnehmen, weil sie hier auf Anabolika getestet werden. Es weiß doch jedes Kind, daß ihre Sportler mit dem Zeug vollgepumpt sind.»

«Glauben Sie, daß die Sowjets auch in Zentralamerika Anabolika einsetzen?»

«Ja, da haben wir sie ernsthaft im Verdacht. Aber unsere Besorgnis gilt nicht den Anabolika, sondern den Waffenlieferungen an die Aufständischen.»

«Ich hab eine Idee, sie ist – das gebe ich zu – verrückt: Die Russen stehen in Zentralamerika, und wir auch. Warum verlegen wir die Olympischen Spiele nicht einfach von Los Angeles nach El Salvador?»

«Das ist der größte Unsinn, der mir je zu Ohren gekommen ist. Nehmen wir einmal an, die Russen kommen zur Olympiade nach El Salvador und reisen einfach nicht ab, wenn die Spiele vorbei sind. Was machen wir dann?»

«Welche Garantie haben wir denn, daß sie nach dem Ende der Spiele nicht in Los Angeles bleiben?»

«Keine. Und offen gesagt, das ist unserer Ansicht nach der Hauptgrund, warum die Sowjets abgesagt haben.»

Die Stunde des mongolischen Siegers

Für den Westen war es ein Schlag ins Kontor, als die Sowjets ihre Olympia-Teilnahme absagten, aber das war nichts im Vergleich zu dem Entsetzen, das die Nachricht in der Mongolei auslöste.

Während die sowjetischen Sportler die Entscheidung ihrer Regierung akzeptieren mußten, ob es ihnen nun paßte oder nicht, war es nicht einfach, dem einzigen Langstreckenläufer der Äußeren Mongolei beizubringen, daß er nicht nach Los Angeles fahren durfte.

Dschingis Khan war draußen in der Wüste Gobi beim Joggen, als Yurt Temugin, sein Trainer, nach einem dreißig Kilometer langen Kamelritt eintraf, um ihm die Schreckensnachricht mitzuteilen.

«Wie seh ich aus?» fragte Dschingis, der kaum schnaufte.

«Prächtig. Aber wir haben gerade aus Ulan Bator erfahren, daß die Mongolei ihre Teilnahme an der Olympiade '84 zurückzieht.»

Khan war wie vor den Kopf geschlagen. «Du nimmst mich auf die Schippe.»

«Leider nicht, Dschingis. Vom KGB haben wir Anweisung, dir zu sagen, du sollst das Laufen einstellen. Die Russen sagen ab und haben uns bedeutet: Entweder unterstützt ihr unseren Boykott, oder ...»

«Willst du damit sagen, daß ich vier Jahre lang für nichts und wieder nichts barfuß durch den heißen Sand gestampft bin?»

«Wie soll ich dir das erklären, Dschingis? Laut Kreml ist das nur zu deinem Besten. Man befürchtet, in Los Angeles sei dein Leben in Gefahr.»

«Wer in Kalifornien will einem Mongolen denn etwas zuleide tun?» fragte Khan.

«Dschingis, Kritik an Moskaus Entscheidungen steht uns nicht zu. Aber wenn die Russen ihr Team nicht aufstellen, dürfen wir unsere Mannschaft auch nicht schicken.»

«Warum nicht? Wir liegen mit den Vereinigten Staaten doch nicht im Streit.»

«Wenn wir uns dort sehen lassen und die Sowjets nicht, wäre das für den Westen ein Signal, daß es im sozialistischen Lager gärt.»

«Toll. Los, fliegen wir hin.»

«So einfach ist das nicht. Wir bekommen keinen Flug.»

«Ich könnte runter zum Kaspischen Meer rennen und einen ausländischen Frachter nehmen. Wäre doch ein guter Trainingslauf.»

«Bedaure, Dschingis, aber du mußt dich mit der Tatsache abfinden, daß du diesmal nicht teilnimmst.»

Khan traten die Tränen in die Augen. «Das bedeutet, daß ich Lana Turner nicht zu sehen bekomme. Wenn ich hart trainiere, hast du mir versprochen, würde ich ihr in Kalifornien vorgestellt. Vier Jahre lang habe ich davon geträumt, daß sie auf der Tribüne steht und mir zujubelt, wenn ich über die Ziellinie laufe.»

Der Trainer stieg von seinem Kamel und legte Khan den Arm um die Schultern. «Ich weiß genau, wie du dich fühlst. Ich hatte gehofft, Claudette Colbert zu begegnen. Ein herrlicher Film mit ihr, *It Happened One Night*, von 1934, Regie Frank Capra, ist gerade in Mandal Gob angelaufen. Aber da läßt sich leider nichts machen. Das Politbüro zahlt den Vereinigten Staaten heim, was sie uns 1980 angetan haben.»

«Warum hat man uns nicht schon 1980 gesagt, daß Los Angeles flachfällt? Dann hätte ich jetzt nicht so dicke Schwielen an den Füßen.»

«Darauf kann ich dir keine Antwort geben, Dschingis. Du weißt doch, daß der Kreml die Mongolei nie konsultiert.»

Khan legte den Kopf in die Hände. «Ich hätte Wettkämpfer sein, sogar eine Goldmedaille gewinnen können. Ich hätte mir Disneyland ansehen können. Wer weiß, vielleicht wäre ich von Joan Crawford übers Wochenende nach Malibu eingeladen worden.»

«Verkneif dir in Ulan Bator bloß diese konterrevolutionären Sprüche.»

«Was soll ich in Ulan Bator?»

«Der sowjetische Sportminister möchte, daß du fürs sowjetische Fernsehen eine Pressekonferenz gibst und dem russischen Volk erzählst, wie glücklich du über die Entscheidung der Führung, nicht an den Spielen in Los Angeles teilzunehmen, bist. Er will, daß du dich solidarisch erklärst mit den Athleten aller Arbeiter- und Bauernstaaten dieser Welt, die sich weigern, gegen die Lakaien des Kapitalismus anzutreten, solange diese überall auf dem Planeten den Weltfrieden gefährden. Und wenn du tust, was man dich heißt, bekommst du eine spezielle Goldmedaille verliehen, wie sie für jeden Sportler, der nicht in Los Angeles antritt, geprägt worden ist.»

«Ist aber keine Entschädigung dafür, daß ich Lana Turner nicht zu sehen bekomme.»

«Ist aber immer noch besser, als vier Jahre lang im Straflager Ulan Goom für die nächste Olympiade zu trainieren.»

Kein Auto unter dieser Nummer

Was braucht der Mensch unbedingt, wenn er im Geschäftsleben Erfolg haben will?

Den Anzeigen zufolge, die ich zu sehen bekomme, ein Autotelefon. Mit einem Autotelefon sind Sie Ihren Konkurrenten eine Nasenspitze voraus, weil Sie *jederzeit* mit Ihrer Firma und Ihren Kunden Kontakt aufnehmen können. Auf der Autobahn können Sie mit Ihren Mitarbeitern konferieren, in einem Stau Ihrer Sekretärin einen Brief diktieren und von der Tankstelle aus alle Welt anrufen.

Das neue C-Netz unterscheidet sich insofern vom altmodischen Autotelefon, als man keine Vermittlung mehr braucht. Man wählt direkt wie am Apparat daheim und kann auch von anderen *angewählt* werden, während man im Auto sitzt. Bald wird sich das Autotelefon im ganzen Land durchgesetzt haben. Was ist also dagegen einzuwenden?

Jede Anzeige, die dieses wundersame Kommunikationsmittel anpreist, zeigt eine Person, die in einer Hand das Telefon und in der anderen Hand das Lenkrad hält.

Meines Wissens werden zusammen mit den Telefonen keine Anweisungen ausgegeben, wie man einen Freund anwählt, ohne dabei einen Unfall zu bauen.

Ich will nun nicht behaupten, daß es jedesmal beim Wählen krachen *muß*, aber es gibt Situationen, in denen Telefonieren und Autofahren sich nicht miteinander vertragen.

Eine ist, wenn Sie im Auto von Ihrer Mutter angerufen werden.

«Harold, wo bist du?»

«Ecke Fifth Avenue und Elm, in Bethesda. Warum rufst du jetzt an?»

«Weil ich mir Sorgen mache. Du hast dich seit drei Tagen nicht mehr gemeldet.»

«Tut mir leid, Mama, aber seit ich das Autotelefon habe, gibt es mehr Arbeit, als ich bewältigen kann. Es hat mir gegenüber der Konkurrenz einen enormen Vorteil verschafft.»

«Und wie nimmst du Aufträge an?»

«Ich schreibe sie auf einen Blockhalter, der am Telefon befestigt ist.»

«Willst du mir verraten, Sohn, wer das Auto steuert, wenn du mit einer Hand das Telefon hältst und mit der anderen Bestellungen notierst?»

«Ich lenke mit dem Ellbogen.»

«Findest du das eine gute Idee?»

«Bisher habe ich noch keinen Unfall gehabt. Du, ich kann nicht zu lange reden, weil ich auf einen Anruf von einem anderen Autotelefon warte. Der Mann will mich zurückrufen, wenn ich Rockville erreiche.»

«Du hältst es also für einen Fortschritt, daß es auf den Straßen vor Irren wimmelt, die nur eine Hand oder einen Ellbogen am Lenkrad haben?»

«Mutter, du ahnst ja nicht, wie das Autotelefon unser Leben verändern wird. Früher hockten wir in unseren Wagen, hörten Radio oder dachten an alles mögliche. Nun brauchen wir keine kostbare Zeit mehr zu vergeuden. Wenn es um einen wichtigen Abschluß geht, zählt jede Minute.»

«Meine Frage hast du aber immer noch nicht beantwortet. Wie verhinderst du, daß du einen Laternenpfahl rammst, wenn du mit einer Hand lenkst und mit der anderen wählst?»

«So eine Frage kann nur eine Mutter stellen. Du weißt doch, daß ich ein guter Fahrer bin.»

«Deinetwegen mache ich mir ja keinen Kummer. Gemeingefährlich könnten jene Leute mit Autotelefonen werden, die schon mit *zwei* Händen nicht verkehrssicher sind. Vielleicht sollte sich Ralph Nader um die Angelegenheit kümmern und ein paar Fragen aufwerfen.»

«Gute Güte, laß bloß Ralph Nader aus dem Spiel. Wenn es nach dem ginge, wären wir Geschäftsleute noch immer auf Telefonzellen angewiesen. Du, ich muß jetzt auflegen. Ich habe gerade Sam Kaplan an seinem Autotelefon gesehen, und der ist hinter demselben Etat her wie ich. Ich muß in der Firma anrufen und herausfinden, was vorgeht.»

«Gut, mein Sohn. Aber tu deiner Mutter bitte einen Gefallen.»

«Was du willst, Mama.»

«Wähl vorsichtig.»

Friß dich kränker!

Ich habe einen Freund, der die Verwaltung eines Krankenhauses leitet. Als ich ihn kürzlich traf, war er sehr deprimiert.

«Ich komme gerade von unserer Verwaltungsratssitzung», sagte er. «Einen Tomographen für fünf Millionen Dollar hat man genehmigt, aber fünfundvierzigtausend für einen neuen Küchenchef abgelehnt.»

«Und warum?»

«Man meinte, Essen hätte nichts mit Medizin zu tun und die Küche verursache ohnehin zu hohe Verluste.»

«Dabei sollte man doch annehmen, anständige Mahlzeiten seien für die Gesundung der Patienten genauso wichtig wie alle anderen Krankenhauseinrichtungen.»

«So habe ich auch argumentiert und wurde angestarrt, als sei ich nicht ganz bei Sinnen. Kranken sei doch so ziemlich egal, was sie vorgesetzt bekommen, sagte man. Da der Verwaltungsrat unter solchem Druck stehe, die Kosten niedrig zu halten, seien Kürzungen nur bei der Verpflegung möglich.»

«Haben Sie denn nicht die Unterstützung des medizinischen Personals Ihrer Klinik bei Ihrem Versuch, den Patienten ordentliche Mahlzeiten zu servieren?»

«Die Ärzte trauen sich nicht, den Mund aufzumachen, wenn es an die Verpflegung geht, weil sie befürchten, daß mehr Geld für Nahrung weniger Geld für Geräte bedeutet. Ganz im Vertrauen haben sie mir aber gestanden, daß sie nie Visite machen, wenn die Patienten von ihren Plastiktellern essen, weil ihnen bei dem Anblick übel wird.»

«Weshalb ist Krankenhausessen eigentlich grundsätzlich so miserabel?»

«Auf diesem Gebiet ist bisher nur wenig Forschung betrieben worden. Wenn ein Patient die Nahrung verweigert, ordnet der Arzt gewöhnlich weitere Tests an, um herauszufinden, was ihm fehlt. Doch statt des Blutes sollte man lieber einmal eine Mahlzeit ins Laboratorium schicken und analysieren lassen. Der Arzt wäre von dem Befund bestimmt schockiert.»

«Aber es muß doch Mediziner geben, die sich bewußt sind, daß das, was ihre Patienten zu sich nehmen, den Genesungsprozeß verzögern kann.»

«Die sprechen das nur ungern aus, weil sie von allen ihren Kollegen verlacht würden. Ich kenne einen Arzt, der einen Versuch mit kranken weißen Ratten durchführte. An die eine Hälfte verfütterte er den üblichen Krankenhausfraß, bestehend aus einem Klumpen graugekochtem Fisch, einer Portion halbgarer Nudeln und Gelee im Pappbecher. Die andere Hälfte bekam gesottene Garnelen, Huhn in Matzenknödeln und Karamelpudding auf Porzellantellern. Ratten, denen man gekochten Fisch hinstellte, nahmen nichts zu sich und wurden kränker; aber die anderen, die Huhn und Matzenknödel fraßen, waren im Handumdrehen wieder gesund. Bewaffnet mit diesem wissenschaftlich belegten Beweismaterial, hielt der Mediziner auf einer Tagung des amerikanischen Ärzteverbandes ein Referat, in dem er vorschlug, Krankenanstalten sollten für die Verpflegung ebensoviel ausgeben wie für die Anschaffung von Geräten.»

«Und was passierte?»

«Die Kammer hängte ihm ein Verfahren an wegen des Versuchs, das amerikanische Gesundheitswesen in den Bankrott zu treiben.»

«Ich kann mir vorstellen, daß das andere Forscher davon abhält, sich in Zukunft mit Krankenhausernährung zu befassen.»

«Eines der größten Hindernisse, das der Verbesserung der Verpflegung in Kliniken entgegensteht, ist die Tatsache, daß

Medizinstudenten während der Ausbildung den Krankenhausfraß essen müssen und schon vor dem Ende ihrer Assistenzzeit ruinierte Geschmacksknospen haben. Deshalb merken viele überhaupt nicht, wie miserabel die Kost ist. In meinem Krankenhaus habe ich Patienten erlebt, die ihre Plastiktabletts vor Wut auf den Boden warfen. Doch der Arzt, anstatt sich nach dem Grund zu fragen, verordnete eine Beruhigungsspritze.»

«Glauben Sie, daß die Patienten rascher gesunden und entlassen würden, wenn die Krankenhäuser besseres Essen servierten?»

«Schwer zu sagen, weil keine Klinik jemals reich genug war, sich so etwas zu leisten.»

Wenn die Bank platzt

Es war der legendäre Willie Sutton, der auf die Frage, weshalb er Banken ausraube, antwortete: «Weil da das Geld liegt.»

Mag sein, daß Willies Argument nicht mehr stichhaltig ist. Vor einiger Zeit kam ein gutgekleideter Räuber in die Heritage Bank in Anaheim, Kalifornien, marschiert und reichte einer Hauptkassiererin einen Zettel, auf dem stand: «Geben Sie mir alles Bargeld, oder ich fange an zu schießen.»

Die Hauptkassiererin gab dem Räuber indigniert zu verstehen, die Heritage Bank hätte kein Bargeld mehr und sei kürzlich bankrott gegangen. Der Räuber marschierte empört hinaus.

Nicht berichten konnte die Presse über das, was sich abspielte, als der Räuber in sein Fluchtfahrzeug stieg und wegfuhr.

«Na, wieviel hast du abgestaubt?» fragte sein Partner.

«Nichts», lautete die Antwort. «Die haben kein Geld.»

«Was soll das heißen, die haben kein Geld? Jede Bank hat Knete. Und Heritage ist die größte Bank im Orange County.»

«Brauchst mich gar nicht so anzuschnauzen. Der Verein ist insolvent. Die Konteninhaber sind ausgezahlt worden, und die Bundesbank liquidiert die Klitsche jetzt.»

«Warum hast du das nicht vorher gemerkt?»

«Ich hab mir den Laden drei Tage lang angesehen und mich dann für ihn entschieden, weil kein Wachpersonal rumhing. Gedacht hab ich mir, da geht's schlaff zu, bis sich herausstellte, daß es nichts zu bewachen gibt. Mißtrauisch hätte ich werden sollen, als sich keiner die Mühe machte, nachts abzuschließen.»

«Aber wie kann eine Bank Pleite machen?»

«Schätze, die haben eine Menge riskante Kredite gegeben und konnten sie dann nicht eintreiben. Das passiert im Augenblick überall im Land. Wenn eine große Bank wie Chicago Continental wackelt, wird die Bundesbank nervös und steckt Geld rein, damit es keinen Run gibt. Hier aber hat sie entschieden, daß Heritage zumachen muß. Ras doch nicht so. Es jagt uns ja keiner.»

«Warum sollte uns einer jagen? Wir sind doch ohne was abgezogen.»

«Werd bloß nicht sauer auf mich. Ist doch nicht meine Schuld, daß die Bank Mist gebaut hat. Ich war da drin nicht der einzige, der keine Ahnung hatte, daß die Kohle ausgegangen war. Drei Leute wollten Kredite haben, und eine Frau hat sich erkundigt, wo die Heizdecke bliebe, die man ihr bei der Kontoeröffnung versprochen hatte.»

«Banken sollten Schilder raushängen, wenn ihnen das Geld ausgegangen ist. Wir hätten abgeknallt oder für zwanzig Jahre eingelocht werden können – wegen Versuchs, eine Bank auszurauben, die durch Mißmanagement den Bach runterging.»

«He, du bist gerade bei Rot über die Kreuzung gefahren.»

«Nach einem Bankraub tu ich das immer.»

«Langsam, wir haben doch gar keine Bank ausgeraubt. Im Grund haben wir überhaupt nichts zu befürchten. Wenn die kein Geld haben, ist das ihre Schuld, nicht unsere. Würde mich nicht überraschen, wenn das gar nicht zur Anzeige käme. Die Frau, der ich den Zettel zeigte, bekam noch nicht mal Angst. Sie war nur motzig, weil ich die Zeitungen nicht gelesen hatte.»

«Hast du sie zufällig gefragt, in welcher Bank hier in der Gegend ein paar Müde liegen?»

«Die war so patzig, daß ich einfach rausging. Wenn alle Heritage-Angestellten sich so benehmen, ist es kein Wunder, daß die Bank kaputtging.»

«Und was machen wir jetzt?»

«Keine Ahnung. Schätze, wir müssen aufmerksamer Zeitung lesen und feststellen, welche Banken noch offen und welche in Liquidation sind.»

«Ist der Zettel noch da, den du ihr gezeigt hast?»

«Ja. Sie hat ihn mir zurückgegeben und gefaucht, ich sollte mich bloß nicht wieder blicken lassen. ‹Keine Sorge, hier setz ich keinen Fuß mehr rein›, hab ich gesagt. Außerdem hab ich ihr gesteckt, ich würde allen meinen Kollegen ausrichten lassen, bei Heritage-Filialen gäb's nichts zu holen.»

«Was machst du denn da?»

«Ich fummle den Zettel um. Der geht jetzt so: ‹Wenn Sie zufällig Geld in der Bank haben, rücken Sie es raus, oder ich schieße. Wenn nicht, ignorieren Sie den Zettel.›»

Tatsachen-Reportage

Beim Magazin *The New Yorker* hat es einen kleinen Skandal gegeben. Anscheinend gestand Alastair Reid, einer der Redakteure, einem Reporter des *Wall Street Journal*, in Tatsachenberichten, die er im Lauf der Jahre verfaßt hatte, verschiedene Personen zu fiktiven Figuren montiert, Ereignisse umarrangiert und Dialoge schlicht erfunden zu haben.

Dies überraschte viele Pressekollegen, denn der *New Yorker* stand in dem untadeligen Ruf, seine Fakten peinlich genau zu prüfen, selbst die in Gedichten und Kurzgeschichten.

Mr. Reid rechtfertigte seine Methode mit der Behauptung, beim Herumspielen mit Fakten kreiere er eine Realität, die akkurater sei als das tatsächliche Ereignis. Bill Shawn, sein Chefredakteur, stand Mr. Reid zur Seite.

Ich möchte nun über den *New Yorker* kein Urteil fällen, dachte mir aber, es könne den Leser interessieren, wie und anhand welcher Maßstäbe die Fakten in meinen Kolumnen geprüft werden, ehe sie in Druck gehen.

Mein hochbezahltes Team besteht aus Cathy Crary, meiner Assistentin, und einem achtköpfigen Stab von Rechercheuren, der auf dem Stockwerk direkt unter meinem arbeitet.

Wenn ich eine Kolumne geschrieben habe, wird sie sofort nach unten zu den Rechercheuren geschickt, damit auch sichergestellt ist, daß alle meine Behauptungen stimmen.

Oftmals habe ich über interne Besprechungen Präsident Reagans mit verschiedenen Mitgliedern seines Stabes im Weißen Haus berichtet und komplette Unterhaltungen zitiert, die im Arbeitszimmer des Präsidenten, dem Oval Office, geführt wurden.

Immer, wenn mich ein Rechercheur wegen einer solchen Passage anruft, sage ich: «Wenn Sie mir nicht glauben, erkundigen Sie sich doch im Weißen Haus.»

Ruft der Rechercheur den Pressesprecher des Präsidenten an, bekommt er unweigerlich beschieden: «Kein Kommentar», was für Washingtoner Verhältnisse praktisch eine Bestätigung ist.

Das geringste meiner Probleme ist der CIA, weil dort eine Story nie dementiert oder bestätigt wird, ganz gleich, wie wild sie klingt. Und weil ich darauf bestehe, daß alle meine Fakten in einer Kolumne über den CIA stimmen, und weil der CIA nichts Gegenteiliges erklärt, bleibt den Rechercheuren nichts anderes übrig, als den Artikel unangetastet zu lassen.

Das Pentagon andererseits bestreitet alles, was ich schreibe. Ich geriet einmal in einen Disput mit einem Rechercheur, weil ich geschrieben hatte, das Verteidigungsministerium beschaffe Hämmer im Wert von 7,50 Dollar und zahle 495 Dollar für sie. Sofort ging der Alarm los, und der Rechercheur kam hochgetobt und schrie: «Wem wollen Sie diesen Bären aufbinden? Kein Mensch zahlt 495 Dollar für einen Hammer, den es anderswo für 7,50 Dollar gibt!» Ich wählte gelassen A. Ernest Fitzgerald im Pentagon an, der mir nicht nur Bestätigung, sondern auch eine Liste anderer Werkzeuge gab, für deren Beschaffung zu überhöhten Preisen der Steuerzahler Millionen hatte hinlegen müssen. Seitdem hat mir kein Rechercheur mehr Umstände wegen eines Artikels über Verschwendung beim Militär gemacht.

Es ist nicht lange her, daß ich eine Kolumne über ein Gespräch mit Gott schrieb, der zornig Präsident Reagans Behauptung, der Herr sei aus den staatlichen Schulen vertrieben worden, zurückwies. Einer der skeptischeren Rechercheure zweifelte an, daß ich mit Gott gesprochen hatte. «Fragen Sie ihn doch selbst, wenn Sie das nächstemal in die

Kirche gehen», riet ich. Montag früh kam der Rechercheur zurück und bat um Entschuldigung. «Ich las Gott die Kolumne vor, und der Herr gestand ein, mit Ihnen gesprochen zu haben. Enttäuschend fand er nur, daß Sie nicht alle seine Äußerungen in den Artikel aufnahmen.»

Wie rigoros wir sicherstellen, daß alle Fakten in meinen Kolumnen korrekt sind, betone ich hier nicht aus Schadenfreude über die Blamage des *New Yorker*, sondern um Leserinnen und Lesern zu versichern, daß alles, was in meinen Kolumnen steht, geprüft und gegengeprüft wird, ehe man es in der Öffentlichkeit verbreitet.

Ließe ich mich jemals dazu herab, Dialoge zu erfinden oder es mit der Wahrheit nicht zu genau zu nehmen, könnte ich nie wieder in den Spiegel schauen.

Nathan der Unschuldige

Nathan der Unschuldige war ein braver Bürger, der keine Ahnung hatte vom amerikanischen politischen System. Er wollte nur jemanden bewegen, einen Chemiekonzern zu hindern, Giftmüll auf seine Kuhweide zu kippen. Er schrieb an die Umweltschutzbehörde, seinen Kongreßabgeordneten, seinen Senator und an den Präsidenten der Vereinigten Staaten.

Die Umweltschutzbehörde versprach in ihrem Antwortschreiben, sich der Angelegenheit eines Tages anzunehmen.

Sein Kongreßabgeordneter antwortete, er werde die Entsorgung stoppen – falls er wiedergewählt werde.

Sein Senator beschied ihm, er habe sein Schreiben an die Umweltschutzbehörde weitergeleitet.

Und der Präsident sprach Nathan seinen Dank für die Unterstützung seiner Zentralamerikapolitik aus.

«Warum fährst du nicht selbst nach Washington, Nathan?» flehte seine Frau. «Dann hört man dich bestimmt an.»

Nathan der Unschuldige kaufte sich bei People's Express ein Billigticket und flog nach Washington. Er zog einen Anzug an, band sich eine Krawatte um und ging zur Umweltschutzbehörde. Die Empfangsdame sagte, alle Zuständigen seien in wichtigen Besprechungen, und riet ihm, in drei Monaten wiederzukommen.

Nathan ging zu seinem Kongreßabgeordneten und wurde an einen Sommerpraktikanten verwiesen, der nicht wußte, was Giftmüll ist, weil er im Hauptfach chinesische Literatur studierte.

Der nächste Besuch galt seinem Senator. Die Empfangsdame meinte, der Senator sei auswärts, gab Nathan aber zehn

Stoßstangenaufkleber mit Wahlslogans und bat ihn, sie an seine Freunde zu verteilen.

Schließlich begab sich Nathan zum Weißen Haus, wo er bat, zum Präsidenten vorgelassen zu werden, um mit ihm über seine Kuhweide zu reden. Da er nicht gewalttätig wirkte, brachte man Nathan mit einem Zivilwagen zur Beobachtung ins St. Elizabeth's Hospital.

Dort schloß man ihn mit einem Lobbyisten aus Washington ein, der unter schweren Depressionen litt. Anscheinend war ein von ihm vorgeschlagenes Gesetz, das die Umwandlung der MX-Abschußrampen in Steueroasen nach dem Bauherrenmodell vorsah, durchgefallen.

Nathan klagte dem Lobbyisten sein Leid, und der sagte: «Sie sind aber wirklich unbedarft. Sie können nicht einfach nach Washington kommen und jeden sprechen wollen. Was Sie brauchen, ist Zugang.»

«Was ist Zugang?»

«Zugang ist die Schmiere, die in Washington Türen öffnet.»

«Und wie verschaffe ich mir Zugang?» wollte Nathan wissen.

«Indem Sie Leuten, die Ihnen helfen können, politische Spenden geben. Direkte Spenden können Sie an Ihren Kongreßabgeordneten, Ihren Senator oder den Präsidenten leiten, indirekte bringen Sie an, indem Sie ‹Vereinen› beitreten, die zur Umgehung des Direktspendenlimits für die Kandidaten gegründet worden sind. Je mehr Sie stiften, desto mehr Zugang bekommen Sie.»

«Wird das nicht sehr teuer?» fragte Nathan.

«Eine gute Regierung ist nicht billig.»

Wenige Tage darauf entschieden die Psychiater, daß Nathan, obgleich mit einer Giftmüllneurose behaftet, keine Gefahr für die Öffentlichkeit mehr darstelle.

Er fuhr zurück in sein Motel und schrieb Schecks für seinen Kongreßabgeordneten, seinen Senator, den Präsidenten und

Vereine wie «Bürger für ein besseres Amerika», «Stiftung zum Schutz der Demokratie», «Interessenverband der Kleinen Leute» und den «Goldenen Kreis unter Schirmherrschaft des Präsidenten».

Zwei Tage später stellte er fest, daß ihm alle Türen offenstanden und daß jedermann sich verständnisvoll seine Beschwerde anhörte und sofort etwas zu unternehmen versprach. Er wurde sogar ins Weiße Haus eingeladen und durfte zusehen, wie der Präsident zeremoniell eine neue Umweltschutz-Briefmarke herausgab.

Nathan der Unschuldige kehrte im Triumph heim und sagte zu seiner Frau: «Der Chemiekonzern darf nie wieder Giftmüll auf die Kuhweide kippen.»

«Großartig», sagte seine Frau.

«Der Haken ist, daß ich die Farm verkaufen mußte, um das zu erreichen.»

«Warum?» fragte sie.

«Weil ich nur so genug Geld für den nötigen Zugang aufbringen konnte.»

Immobilien für Automobile

Auf dem Immobilienmarkt für Automobile herrscht im Augenblick in Washington Hochkonjunktur. Es tauchen mehr und mehr Halteverbotsschilder an den Straßen auf, und die Leute brauchen unbedingt einen Parkplatz, den sie ihr eigen nennen können.

Um mich näher über diesen Boom zu informieren, suchte ich einen Immobilienmakler auf, dessen Spezialität der Verkauf von Parkplätzen ist. Er hatte Farbbilder verschiedener Parkhäuser an der Wand hängen.

«Ich bin an einem Parkplatz interessiert», sagte ich.

«Da kommen Sie zur rechten Zeit. Einige hervorragende Objekte sind gerade auf den Markt gekommen. Darf ich fragen, welchen Wagentyp Sie fahren?»

«Einen 84er Volvo.»

«Dann brauchen Sie einen Qualitätsplatz der oberen Preisklasse. Hier wäre einer, der nur vom Erstbesitzer benutzt wurde. Das Parkhaus ist nur fünf Minuten vom Washington Monument entfernt, und Ihr Platz befände sich in der ersten Reihe gleich an der Einfahrt.»

«Wie groß ist er?» fragte ich.

«Recht geräumig, 6,70 auf 3,35. Er ist von attraktiven goldenen Streifen eingerahmt und an der Wand mit einem handgemalten Schild ‹Reserviert› verziert. Ihr Volvo wird sich dort sehr wohl fühlen.»

«Und was soll er kosten?»

«Da der Eigentümer rasch verkaufen will, weil er nach San Francisco zieht, käme der Platz auf nur dreiundzwanzigtausend Dollar, Instandhaltung exklusive.»

«Wozu Instandhaltungsgebühren?»

«Heizung, Bewachung rund um die Uhr, Reinigung Ihres Platzes. Sie brauchen natürlich zuerst das Plazet des Komitees der anderen Parkplatzbesitzer, aber das sollte angesichts der Marke Ihres Wagens und des Baujahrs kein Problem sein.»

«Haben Sie im Parkhaus auch etwas, das nicht so teuer ist?»

«Ja, in der Tiefgarage, Ebene vier. Ein reizender alter Parkplatz, aber renovierungsbedürftig.»

«Was muß daran getan werden?»

«Der Betonboden hat Risse, die weißen Streifen sind abgenutzt, und nach starken Regenfällen scheint sich dort unten das Wasser zu stauen. Aber wenn Ihr Volvo Rostschutz hat, sehe ich da kein Problem.»

«Und was kostet dieser Platz?»

«Den können wir Ihnen für siebzehntausend überlassen. Das ist praktisch geschenkt.»

«Für einen baufälligen Parkplatz finde ich das eine Menge Geld.»

«Ebene vier bietet mehrere Vorteile. Ihr Volvo hört den Fluglärm vom National Airport nicht, und von der Spiralrampe aus haben Sie bei der Fahrt nach unten einen herrlichen Blick auf alle anderen parkenden Fahrzeuge. Im Augenblick sind vier Parteien interessiert.»

«Bekomme ich darauf eine Hypothek?»

«Ohne Schwierigkeiten. Die Banken sehen in Parkplätzen in Washington viel bessere Sicherheiten als in Häusern und Eigentumswohnungen.»

«Nehmen wir einmal an, ich wollte nur zehntausend Dollar für einen Platz anlegen. Haben Sie für diesen Preis etwas im Zentrum?»

«Da wäre ein kleiner Platz in einer finsteren Gasse, 4,80 auf 2,75. Vor sich hätte Ihr Volvo eine Fleischkonservenfabrik, und sein Heck wiese auf ein leeres Lagerhaus. Ob er sich dort sicher fühlt, kann ich nicht beurteilen. Aber offen gesagt würde ich ihm etwas mit einem Dach über dem Kopf kaufen.»

«Es kommt mir aber so teuer vor.»

«Sie dürfen darin keine finanzielle Belastung sehen. Schließlich ist ein Eigentumsparkplatz der neueste amerikanische Wunschtraum.»

Niemand braucht arm zu sein

Wenn es in Amerika eine Menge Arme gibt, ist das ihre eigene Schuld. Jedesmal, wenn ich meine Post aufmache, will mir jemand Geld *geben*.

Die Briefe sind an mich persönlich gerichtet. Manchen liegen Schecks bei, anderen Zertifikate, Wertpapiere und Gutscheine.

Lassen Sie mich Ihnen eine Vorstellung von dem geben, was ich gestern in meinem Briefkasten fand. Ich erhielt einen Brief von einer Versicherung, die bereit ist, mir für den Rest meines Lebens 1000 Dollar im Monat zu zahlen für den Fall, daß ich mir eine *beliebige* Krankheit zuzöge. Dazu bräuchte ich mich noch nicht einmal ärztlich untersuchen zu lassen. «Jawohl, Mr. Buchwald», schrieb der Verfasser. «Sie brauchen nur krank zu werden und erhalten dann 1000 Dollar im Monat, ganz gleich, wie Ihr gegenwärtiger Gesundheitszustand ist.»

Der nächste Brief kam von der First National Bank of Wilmington im Staat Delaware. Thomas Campenni, der Direktor der Bank, räumte mir einen Dispositionskredit von 50000 Dollar ein, ohne Sicherheitsleistungen. Zum Beweis, daß er es auch ernst meint, bot er mir einen sofortigen Barvorschuß in Höhe von 2500 Dollar und ein Scheckbuch dazu an.

Sie können sich vorstellen, wie mich dieser Brief überraschte. Ich habe nämlich noch nie in Delaware gewohnt und Thomas Campenni meines Wissens auch nie kennengelernt. Doch irgendwie fand er mich sympathisch und entschied, mir fünfzig Riesen anzuvertrauen, ohne daß ich auch nur einen Fuß in seine Bank in Wilmington setzte.

Ich wollte schon schriftlich um das Geld bitten, als mein Blick auf den nächsten Umschlag fiel. Der war mächtig groß. Vorne hatte er ein großes Zellophanfenster, hinter dem in großen Lettern stand – und ich mache Ihnen jetzt nichts vor: ART BUCHWALD ERHÄLT EINE MILLION DOLLAR IN BAR – GARANTIERT IN JAHRESRATEN VON 50000 DOLLAR. MEHR NOCH – DIE AUSZAHLUNG KANN SICH AUF ZWEI MILLIONEN DOLLAR VERDOPPELN. Da auf dem Umschlag eine hübsche Strichzeichnung von Ed McMahon prangte, riß ich ihn auf.

Nun, es war so einfach, wie es klang. Mir waren neun exklusive *persönliche* Losnummern zugeteilt worden, und wenn ich das Goldetikett einsandte, war ich zur Teilnahme am großen Gewinnspiel der Verleger Amerikas berechtigt. Sollte eine meiner Nummern bereits gezogen worden sein, sei mir das Geld garantiert. In einem persönlichen Brief versprach Ed, mir den Scheck über eine Million eigenhändig zu überreichen. Ich bräuchte zwar keine der Zeitschriften zu abonnieren, für die Ed warb, doch er deutete an, ich sei dämlich, wenn ich das bleiben ließe.

Thomas Campenni ist mir unbekannt, Ed McMahon aber nicht, und ich weiß, daß er ein sehr sparsamer Mann ist, der mit solchen Summen nur um sich wirft, wenn er es auch ernst meint. Deshalb schickte ich ihm meine gewinngarantierten Losnummern sofort zu, und ich schätze, es ist nur noch eine Frage der Zeit, bis Ed mich ruft, um mir die erste Rate zu überreichen.

Die anderen Briefe waren verglichen mit dem McMahons kleine Fische. Ein Börsenmakler schickte mir etwas, das einer US-Staatsanleihe ähnelte, die sofort nach Eröffnung eines Kontos bei seiner Firma in mein Portefeuille käme. Vom Autoverleih Hertz bekam ich eine Platinkarte, die mir ein nagelneues Auto garantierte, sobald ich auf jedem beliebigen Flughafen der Vereinigten Staaten meiner Privatmaschine entstiege. American Express fügte eine goldene Kreditkarte bei und teilte mir mit, mein Kreditlimit sei auf 25 000 Dollar erhöht worden. Eine Computerfirma wollte mir Software im Wert von 2500 Dollar schenken, sollte ich einen Mikrorechner kaufen, und ein Verleger erkundigte sich, wie viele Bücher er mir *umsonst* schicken dürfe, falls ich seinem Erstausgaben-Club beiträte.

Wie ich sagte, war dies eine typische Kostprobe der Post eines Tages. Kein übler Fang, aber auch nichts Außergewöhnliches. An manchen Tagen wollen Firmen mir Goldbarren aus ihren Tresorräumen zuschicken, an anderen erhalte ich Digitaluhren von Indianerreservaten; und letzte Woche bekam ich von einem Immobilienhändler in Florida zwei kostenlose Flugtickets.

Es gibt Tausende von Firmen und Personen, die mir dauernd etwas umsonst anbieten, und nur ein Narr würde ihre Großzügigkeit nicht ausnutzen.

Zeigen Sie mir eine Person in diesem Land, die immer über ihre Armut jammert, und ich führe Ihnen jemanden vor, der seine Post nicht aufmacht.

Gott und das Schulgebet

Ich rede nicht so oft mit Gott, wie ich eigentlich sollte, weil ich weiß, wie beschäftigt er heutzutage ist. Doch alle vier Jahre, wenn der Präsidentschaftswahlkampf wütet, wende ich mich an ihn, um sicherzugehen, daß das, was die Kandidaten über ihn behaupten, auch stimmt.

Nachdem Präsident Reagan zum x-tenmal getönt hatte, Gott sei aus Amerikas Klassenzimmern verjagt worden, fragte ich den Herrgott: «Hat man Dich aus Amerikas Schulen verbannt?»

«Nicht daß ich wüßte», erwiderte Gott.

«Präsident Reagan hat gesagt, die Kinder dürften in der Schule nicht beten.»

«Davon weiß ich nichts, aber Gebete von Schulkindern bekomme ich den lieben langen Tag über zu hören. Selbstverständlich flehen mich häufiger jene an, die ihre Hausaufgaben nicht gemacht haben oder wegen eines Verstoßes gegen die Schulordnung vor den Direktor müssen. Und viel wird gebetet, wenn es Zeugnisse gibt und die Examensergebnisse eintreffen. Ich verstehe einfach nicht, wie Präsident Reagan behaupten kann, ich sei aus den Klassenzimmern verbannt worden.»

«Ich glaube, er bezog sich auf die Entscheidung des Obersten Bundesgerichts, laut der das gemeinschaftliche Gebet zu Beginn des Schultages gesetzwidrig ist. Hast Du Dich über diese Entscheidung geärgert?»

«Ganz im Gegenteil. Ich bin dagegen, daß Menschen Gebete sprechen müssen, die nicht von Herzen kommen. Zum Glück kann in Amerika jedermann beten, wann und wo er will.»

«Tja, warum sollte Präsident Reagan dann sagen, Du wärst aus staatlichen Schulen verbannt, wenn das gar nicht der Fall ist?»

«Keine Ahnung», erklärte Gott. «In Wahljahren führen die Menschen zwecks Stimmenfang immer unnützliglich meinen Namen. Offen gesagt wäre es mir lieber gewesen, der Präsident hätte bei mir rückgefragt, ehe er falsch Zeugnis redete.»

«Hältst Du die Trennung von Kirche und Staat für eine gute Idee?»

«Säkularisierung finde ich exzellent. Euer Land existiert seit über zweihundert Jahren, ohne mich in seine Regierungsangelegenheiten hineingezogen zu haben, und wenn man sich umsieht, hat es den Anschein, als gäbe es bei euch mehr Religionsfreiheit als an jedem anderen Ort auf Erden. In gewissen Ländern, deren Namen ich lieber verschweige, verüben die Herrschenden in meinem Namen die abscheulichsten Verbrechen, die die Menschheit je erlebt hat.»

«Was hieltest Du von einem obligatorischen freiwilligen morgendlichen Schulgebet, an dem nur jene teilnehmen, die auch wollen?»

«Das würde mich beunruhigen. Alle meine Kinder sind sehr labil, und das würde nur zu enormen Reibungen zwischen Betern und Nichtbetern führen. Mir wäre es lieber, Schulkinder sprächen ein Gebet, wenn ihre Seele sie dazu bewegt, und nicht, wenn ein Lehrer es befohlen hat. Euer Präsident sollte wissen, daß Gott allgegenwärtig ist, und wenn er behauptet, ich sei in den staatlichen Schulen nicht mehr anwesend, weiß er den Teufel, was er redet.»

«Dann hast Du ihm also nicht gesagt, Du wolltest das Schulgebet offiziell wieder eingeführt sehen?»

«Ganz bestimmt nicht», beschied mir der Herrgott. «Aber wegen des Asbestproblems habe ich ein Wörtchen mit ihm geredet.»

«Das Asbestproblem?»

«Ja, das ist sehr ernst. In vielen Schulgebäuden blättert

Asbest von Decken und Wänden ab, gerät in die Lungen der Kinder und gefährdet ihr Leben. Ich habe dem Präsidenten ein Intensivprogramm vorgeschlagen, um die Kleinen vor dieser schrecklichen Krankheit zu schützen. Doch soviel ich weiß, hat er bisher noch nichts davon erwähnt. Wenn ich Präsident der Vereinigten Staaten wäre, läge mir die Gesundheit der amerikanischen Kinder mehr am Herzen als die Tageszeit, zu der sie beten dürfen.»

«Vielen Dank für Deine Zeit, Herr», sagte ich. «Ich wollte Dich nicht belästigen, befürchtete aber, Du könntest meinen, ich glaubte nicht mehr an Dich, wenn ich mich gegen das Zwangsgebet in den Schulen ausspräche. Darf ich dieses Gespräch als offiziell ansehen und daraus zitieren?»

«Aber gerne. Politiker reden viel zu oft von meinen Wünschen und Abneigungen. Und das geht mir, da ich schließlich Gott bin, ganz schön auf die Nerven.»

Michael Jackson: Knüller

Es ist nicht lange her, daß Michael Jackson in Washington ein Konzert gab, was im Grunde genommen keine Sensation war, es sei denn, man schaltete den Fernseher an oder schlug die Zeitung auf.

In den Nachrichtensendungen aller Lokalsender spielte sich das ungefähr so ab.

«Guten Abend, liebe Zuschauer, und hier die Nachrichten. Michael Jackson hat sich nach dem Besuch eines Plattenladens in Nordwest-Washington zurück auf sein Hotelzimmer begeben. Zu einem Live-Bericht von Brent Studebaker schalten wir nun um zum Hotel Regent, wo der Sänger abgestiegen ist.

Brent, haben Sie Informationen, was Michael gerade tut?»

«Grady, letzten Informationen zufolge ist Michael in seiner Suite und hat sich aufs Ohr gelegt, um frisch für sein Konzert heute abend zu sein. Wir richten unser Teleobjektiv nun auf das Fenster von Jacksons Suite im fünften Stock. Bitte sehr, hier haben wir das Bild, Grady.»

«Gut gemacht, Brent. Wir schalten im weiteren Verlauf der Sendung zu Ihnen zurück. Und nun die weiteren Meldungen. Eine Flutwelle forderte heute früh in Atlantic City, New Jersey, fünftausend Todesopfer. Doch ehe wir im einzelnen auf diese Katastrophe eingehen, hier Brent Studebaker mit einer Meldung aus dem Hotel Regent.»

«Grady, aus zuverlässiger Quelle habe ich gerade erfahren, daß Jackson erwacht ist und nun duscht.»

«Danke, Brent, bleiben Sie dran und lassen Sie uns wissen, was er tut, wenn er aus der Dusche kommt. Weitere Schlagzeilen: Fidel Castro traf heute in Miami ein und bat um politisches Asyl. Der Diktator floh aus Havanna, nachdem Kadetten der Militärakademie die Regierungsgewalt übernommen hatten. Hier ein Sonderreport aus Miami – Moment, verschieben wir den kurz und schalten wir zurück zu Brent Studebaker im Hotel Regent. Brent, können Sie einen Lagebericht geben?»

«Grady, im Augenblick ist es recht ruhig hier. Tausende haben sich vor dem Hotel versammelt, um einen Blick auf ein Mitglied der Familie Jackson zu erhaschen. Hier sehen Sie ein T-Shirt, das ich gerade bei einem Straßenverkäufer erstanden habe, und einen Michael-Jackson-Button.»

«Danke, Brent. Und hier eine Sondermeldung aus dem Kapitol. Ein bewaffneter, offenbar geistesgestörter Mann ist in den Senat eingedrungen und hat alle hundert Senatoren zu Geiseln genommen. Freilassen will er sie erst, wenn sie ein Gesetz gegen Sicherheitsgurte in Passagierflugzeugen verabschiedet haben. Sofern es unsere Zeit erlaubt, bringen wir weitere Meldungen zu diesem Vorfall. In der Zwischenzeit schalten wir zurück zu Brent Studebaker, der berichtet, daß Michael Jackson gerade zu Abend ißt.»

«Grady, wir haben den Zimmerservice kontaktiert und erfahren, daß Jackson einen gegrillten Käsetoast, ein Glas Milch und Apfeltorte à la mode bestellt hat. Dem Kellner gab er fünf Dollar Trinkgeld.»

«Hat Michael die Rechnung selbst abgezeichnet?»

«Das versuchen wir gerade herauszufinden.»

«Wie ich Sie kenne, Brent, schaffen Sie das auch. Nun zu den Vereinten Nationen in New York. Hier haben wir Taft Huebner live mit Andrej Gromyko, der gerade erklärt hat, die Sowjetunion sei unter bestimmten Voraussetzungen bereit, zu den Genfer Abrüstungsverhandlungen zurückzukehren. Bitte melden, Taft.»

«Mr. Gromyko, welche exakten Vorschläge werden Sie dem Präsidenten bei Ihrem Zusammentreffen machen?»

«Ich beabsichtige, ihm vorzuschlagen –»

«Taft, Mr. Gromyko, wir müssen zu unserem Bedauern unterbrechen, aber hier ist gerade bekanntgeworden, daß Michael Jackson nun das Hotel verläßt, um zum Robert-F.-Kennedy-Stadion zu fahren. Wir schalten so bald wie möglich zurück... Brent, trifft es zu, daß Michaels Abfahrt bevorsteht?»

«Und hier kommt er! Michael Jackson sitzt in der zweiten Limousine, die gerade aus der Garage fährt, und sollte in fünfzehn Minuten im Stadion eintreffen.»

«Ich konnte das von hier aus nicht so genau erkennen, aber hat Jackson der Menge tatsächlich zugewinkt?»

«Ja, Grady, mit seinem Glitzerhandschuh. Ich glaube, nur unser Kamerateam hat das geschossen.»

«Danke, Brent, Sie haben einmal wieder großartige Arbeit geleistet. Wir möchten unseren Zuschauern mitteilen, daß die Pressekonferenz, in der Präsident Reagan die Umbildung seines Kabinetts bekanntgibt, heute abend nicht gesendet wird, da wir Ihnen live Michael Jacksons Eintreffen im RFK-Stadion bringen.»

Efrem Weinreb & Sohn

Ich ging in mein bevorzugtes Herrenmodengeschäft in Boston, Efrem Weinreb & Sohn, und sah zu meiner Überraschung ein neues Schild an der Fassade – ROGER WEINREB & VATER.

Drinnen fand ich Efrem ganz hinten im Lager beim Kistenrücken.

«Wie ich sehe, hast du den Firmennamen geändert.»

«Ich nicht. Das war mein Sohn Roger», erwiderte er. «Er ist jetzt hier der Direktor.»

«Roger?» fragte ich. «Aber ich war doch erst 1980 bei seiner Abschlußfeier in der Harvard Business School und weiß noch, wie stolz du warst, als er sein Diplom bekam. Du hast ihm versprochen, ihn zum Teilhaber zu machen, aber ich hatte keine Ahnung, daß du ihn zum Direktor ernennen würdest.»

«Ehrlich gesagt, ich auch nicht. Roger fing im Versand an und arbeitete sich dann zur Abteilung ‹Unterwäsche und Socken› hoch. Da es ihm dort nach zwei Wochen langweilig wurde, machte ich ihn zum Verkaufsleiter. Und ehe ich mich versah, ließ er ein völlig neues Computersystem einbauen, alle drei Etagen renovieren, richtete eine Damenabteilung ein und fand einen Dreh, an unserem Cash-flow übers Wochenende dreizehn Prozent Zinsen zu verdienen, indem er die Lieferantenrechnungen über eine Bank in Hongkong begleichen ließ. Eines habe er auf der Harvard Business School gelernt, meinte Roger – entweder expandiert man, oder man geht unter.»

«Wie alt ist Roger denn?» fragte ich.

«Achtundzwanzig. Vor acht Monaten kam er zu mir und

sagte, er hätte das Gefühl, nicht schnell genug voranzukommen. Kommilitonen, die mit ihm graduierten, seien in ihren Firmen schon in der Geschäftsleitung, und er wolle nicht erst mit zweiunddreißig Jahren an die Spitze kommen.»

«Hast du ihn darauf hingewiesen, daß du erst neunundvierzig bist?» fragte ich.

«Ich erwähnte das, aber er sagte: ‹Kein Wunder, daß du verbraucht bist. Jetzt wäre vielleicht die Zeit, mal langsam zu tun und Yuppies ans Ruder zu lassen, die mit ihren Management-Techniken für die Zukunft gerüstet sind.›»

«Hm, junge Harvard-Absolventen nehmen kein Blatt vor den Mund», bemerkte ich. «Hast du Roger nicht gesagt, daß du dein Leben der Firma gewidmet und immer davon geträumt hast, mit ihm als ein Team zusammenzuarbeiten?»

«Allerdings. Darauf meinte er, vom familiären Standpunkt gesehen verstünde er das, aber als Geschäftsführer müsse er zuerst an die Aktionäre denken.»

«Aktionäre? Ich dachte, das Geschäft gehört dir.»

«Ich vergaß dir zu erzählen, daß Roger uns letztes Jahr in eine Aktiengesellschaft umgewandelt hat. Nur auf diese Weise könne er genug Kapital aufbringen, um Brooks Brothers zu übernehmen, sagte er.»

«Er versucht, Brooks Brothers zu kaufen?» fragte ich ungläubig.

«Ja, entweder Brooks Brothers oder Bloomingdale's. Bei den Details blicke ich nicht ganz durch, abgesehen von seinem Plan, mit Roger Weinreb als Holding-Gesellschaft andere Firmen mit der Übernahme zu bedrohen. Sein siebenundzwanzigjähriger Studienfreund ist nun Investitionsbanker und Spezialist für Druckaufkäufe – weiß der Himmel, was das heißen soll.»

«Schön, ich verstehe ja noch, daß Roger vorankommen will, aber warum mußte er aus Efrem Weinreb und Sohn Roger Weinreb und Vater machen?»

«Wenn wir groß einsteigen wollten, meinte er, müßten wir

unser Image ändern, und unsere Kunden assoziierten den Namen Efrem Weinreb zu eng mit den späten Siebzigern. Ich will aber nicht zu hart über ihn urteilen. Ehe wir an die Börse gingen, gab er mir beim Rausschmiß sozusagen einen goldenen Fallschirm. Ich übe bei unveränderten Bezügen Beraterfunktion aus und behalte bis zu meinem fünfundsiebzigsten Lebensjahr ein eigenes Büro unter der Voraussetzung, daß ich nicht für eine Konkurrenzfirma aus der Branche arbeite.»

«Bist du von ihm ins Lager verbannt worden?»

«Nein, das war mein eigener Entschluß. Es ist einfacher, hier zu arbeiten, als jedem erklären zu müssen, weshalb wir den Firmennamen geändert haben.»

«Ich finde Rogers Undankbarkeit empörend.»

«Ich kann weder ihm noch Harvard einen Vorwurf machen. Wie ich höre, bekommt man auf jeder erstklassigen Wirtschaftshochschule als erstes beigebracht, daß nur zählt, was unterm Strich steht, wenn man die Wahl zwischen Nettogewinn und dem eigenen Fleisch und Blut hat.»

Was haben wir nur falsch gemacht?

Dies ist eine schwere Zeit für viele meiner Freunde, die auf die gute alte liberale Art großgezogen wurden. Trends entwickeln sich so schnell, daß sie nicht mehr mitkommen.

Kürzlich schaute ich abends bei Fred und Mira Staunchley herein und merkte, daß die Atmosphäre gespannt war.

«Was ist denn bei euch los?» fragte ich Fred.

«Tommy ist für eine Woche heimgekommen und hat verkündet, er werde Reagan wählen.»

«Das darf doch nicht wahr sein!» rief ich. «Er ist doch erst zweiundzwanzig.»

«Er sagt, alle anderen Soziologiestudenten wollten auch für Reagan stimmen«, meinte Mira.

«Ah, das wäre eine Erklärung», sagte ich zu ihnen. «Er ist dem Gruppendruck ausgesetzt. Wo studiert er denn?»

«Berkeley, Kalifornien», erwiderte Fred. «Das war früher mal die radikalste Uni.»

«Weiß ich ja. Hat er dir vernünftig begründet, weshalb er konservativ geworden ist?»

«Er hat kein Argument gebracht, mit dem wir etwas anfangen konnten. Seine Chancen, bei einem Konzern einen Job zu finden, stünden viel besser, sagte er, wenn er die Republikaner wählte. Dann murmelte er etwas von einer Ellbogengesellschaft und daß er an seine Zukunft denken müßte, wenn er mit dreißig in die Spitzengehaltsgruppe vorstoßen wollte.»

«Ehe er zur Uni ging, war er so ein guter Junge», klagte Mira.

«Vielleicht ist das alles nur Schau, um euch zu schockieren», gab ich zu bedenken.

«Das ist keine Schau», widersprach Fred. «Was glaubst du, was Mira heute früh unter seinem Kopfkissen gefunden hat?»

«Was denn?»

«Ein Buch, das am Beispiel von Amerikas bestgeführten Unternehmen darlegt, wie man durch Härte, Leistung und Anpassung an die Spitze kommt. Als sie ihn deswegen zur Rede stellte, zuckte er nur die Achseln und meinte: ‹Wer sich mit Zähnen und Klauen nach oben kämpfen will, muß wissen, was sich in den Großunternehmen tut.›»

«Ich weiß wirklich nicht, was wir falsch gemacht haben», sagte Mira. «Wir brachten ihm Mitgefühl für die Armen und Unterprivilegierten bei. Wir nahmen ihn zu Demos gegen die Atomkraft mit. Noch in der High-School organisierte er eine Boykottbewegung gegen kalifornischen Kopfsalat, weil der von illegalen Einwanderern zu Hungerlöhnen geerntet wird. Wir hatten solche Hoffnungen auf ihn gesetzt. Unser Traum war, daß man ihn eines Tages wegen Protests gegen eine Giftmüllkippe verhaften würde.»

«Und er hat alles, woran ihr glaubt, verworfen?»

«Nicht nur das. Softies hat er uns geheißen, die keine Ahnung haben, was real abgeht. Arme wird's immer geben, hat er gemeint, und er könne sich auch sehr viel Schlimmeres vorstellen als ein atomares Wettrüsten. Und was die Umwelt angeht, will er nichts mit einer Bewegung zu tun haben, die das Wirtschaftswachstum der Vereinigten Staaten hemmt.»

«Wie steht er zum Schulgebet?»

«Er meint, wir seien eine gottesfürchtige Nation, und es sei nichts dagegen einzuwenden, wenn die Kinder vor Unterrichtsbeginn ein Gebet sprächen. Anschließend verbreitete er sich zehn Minuten lang zu dem Thema, wie schön es wäre, wenn wir zur Abwechslung mal ein Oberstes Bundesgericht hätten, das sich nicht immer auf die Seite der Kriminellen stellt.»

«Ihr müßt schon bessere Wochen erlebt haben», meinte ich. «Wo ist Tommy jetzt?»

«Oben. Er schaut sich einen Bericht über die Entwicklungen der letzten Woche an der Börse an.»

«Das klingt finster.»

«Das ist noch gar nichts. Heute früh hat Mira unter seinem Bett vier leere Perrier-Flaschen gefunden.»

«Vielleicht ist das ein stummer Hilfeschrei. Habt ihr ihm vorgeschlagen, mal zum Psychiater zu gehen?»

«Das lehnt er strikt ab. ‹Wenn ich bei einem Konzern einen Job lande, werde ich bei der Auswahl für einen Vorstandsposten glatt übergangen, sobald die herausfinden, daß ich mal geistig gestört war›, ist sein Argument.»

«Ihr tut mir wirklich leid», sagte ich. «Aber es gibt Ärgeres auf der Welt als ein Kind, das für Ronald Reagan und George Bush stimmt.»

«Sag doch mal!» schoß Fred bitter zurück.

Wahlmuffel

Viele Bürger geben am Wahltag ihre Stimme nicht ab. Wenn man sie nach dem Grund fragt, mögen sie um eine Antwort verlegen sein. Deshalb führen wir im allgemeinen Interesse eine Reihe von Ausreden auf, gegen die selbst der Wählerinnenverband nichts einwenden kann.

«Ich stehe aus Prinzip nicht Schlange.»

«Mein Ehepartner hat gewählt und somit die Pflicht der Familie erfüllt.»

«Ich wollte schon wählen gehen, hatte aber Angst, danach nicht mehr rechtzeitig vor Ladenschluß in den Supermarkt zu kommen.»

«Wer seine Stimme abgibt, wird registriert und kann dann zum Geschworenendienst herangezogen werden, weil seine Adresse bekannt ist.»

«Ich brauche nicht zu wählen, weil alle meine Freunde wissen, wie ich zu den Grundsatzfragen stehe.»

«Am Wahltag findet man um die Schulen herum ja nie einen Parkplatz.»

«Wenn ich mich morgens mit der Stimmabgabe aufhielte, geriete ich in den Berufsverkehr.»

«In Wahlkabinen krieg ich Platzangst.»

«Ich habe am Montag bis spät Football geguckt und deshalb verschlafen.»

«Ich habe mir alle drei Fernsehdebatten angesehen und finde, damit genug für mein Land getan zu haben.»

«Ich gehe erst zur Wahl, wenn ich aus dem College komme und das Ganze auch einen Sinn für mich hat.»

«Als ich das letztemal für einen Kandidaten stimmte, gewann der andere. Das war mir eine Lehre.»

«Mir tut die Bedienung der Wahlmaschine zu weh, weil ich einen Tennisellbogen habe.»

«Gut, zur Wahl bin ich nicht gegangen, habe aber etwas viel Wichtigeres getan: meinem Kongreßabgeordneten einen Scheck geschickt und ihm genau vorgeschrieben, was er für mich tun soll.»

«Meine Mutter schickte mir ein Briefwahlformular, vergaß aber, eine Briefmarke beizulegen.»

«Wie soll ich eine Gewissensentscheidung treffen, wenn am Wahltag kein Alkohol ausgeschenkt wird?»

«In unserem Kreis ist das Wahllokal eine Schulturnhalle. Der Gestank da drin bringt Sie um.»

«Das Wetter war so schön, daß ich beschloß, lieber Golf zu spielen.»

«Wenn jeder an die Urne geht, bleibt ja keiner übrig, der den Politikern auf die Finger sieht.»

«Ich kann verstehen, daß die Leute in Diktaturen freie Wahlen fordern. Hier in Amerika haben wir aber das Wahlrecht. Ist es deshalb so wichtig, es auch auszuüben?»

«Jedesmal, wenn ich im November wählen gehe, hole ich mir eine scheußliche Erkältung.»

«In unserer Fahrgemeinschaft waren zwei für Reagan und zwei für Mondale. ‹Was soll's›, haben wir gesagt, ‹unsere Stimmen heben sich ja doch auf.›»

«Ich mußte daheimbleiben und unsere traditionelle Wahlparty vorbereiten.»

«Ich bin arbeitslos, und wenn ich im Wahllokal aufgetaucht wäre, hätten mich die Leute für einen schlechten Verlierer gehalten.»

«Ich kenne ein Ehepaar, das bei der letzten Wahl Stimmzettel abgab. In der Zwischenzeit brach jemand in seine Wohnung ein und nahm den Fernseher und das ganze Silber mit.»

«Ich wäre nicht, wo ich heute stehe, wenn ich mich die ganze Zeit in Wahllokalen herumgedrückt hätte.»

Familiäre Selbstkontrolle

Ich schaute bei Sullivan herein und fand ihn in ein ernstes Gespräch mit seinem vierzehnjährigen Sohn David vertieft.

«Störe ich?» fragte ich.

«Nein», erwiderte Sullivan. «Wir haben nur über einen gemeinsamen Kinobesuch diskutiert. Was würdest du dir gerne ansehen, David?»

«Das überlasse ich dir, Vater», sagte David. «Wenn du einen Film für mein Alter zu gewalttätig oder freizügig findest, hoffe ich doch, daß du ihn mir verbietest.»

Sullivan war ganz perplex. «Sehr konstruktiv ist diese Bemerkung aber nicht.»

«Die Entscheidung liegt nicht bei mir. Schließlich bist du der Erziehungsberechtigte und weißt, was gut für mich ist.»

Sullivan griff nach der Zeitung und schlug die Seite mit den Kinoanzeigen auf. «Wie soll ich einen Film beurteilen, ehe ich ihn gesehen habe?» fragte er.

«Du mußt dich von der Einstufung der Freiwilligen Selbstkontrolle leiten lassen. Ich nehme kaum an, daß du mich in meinem zarten Alter in einen Film ‹ab 16› führen würdest – obwohl ich bei meiner Größe da glatt reinkäme –, denn er könnte unflätige Ausdrücke, Gewaltverherrlichung oder gar Nuditäten enthalten, die wir beide moralisch anstößig finden würden.»

«Tja, da hast du wohl recht», meinte Sullivan.

«Filme ‹ab 18› können wir auch ausschließen, denn die dürftest du dir nicht mit mir ansehen, selbst wenn du wolltest.»

«Wer hat denn etwas von Erwachsenenfilmen gesagt?»

«Ich wollte dir nur die Auswahl erleichtern. Filme ‹ab 6›

kannst du gleich vergessen. In denen würden wir uns beide langweilen – wenn überhaupt welche liefen», sagte David.

«Dann suchen wir also nach etwas aus der Kategorie ‹ab 12›?» fragte Sullivan.

«Die Frage ist nicht, ob ich Lust auf so einen Streifen habe, sondern ob du und Mutter auch dafür sind, daß ich ihn mir ansehe», versetzte David. «Das ist eine Entscheidung für Erwachsene, mit der ich als Kind nichts zu tun haben sollte.»

«Alles, was hier in der Zeitung aufgeführt ist, kommt mir entweder wie eine dumpfe College-Komödie oder ein klischeehaftes Comic-Strip-Abenteuer vor. Wie soll man sich da orientieren?» beschwerte sich Sullivan.

«Den Filmproduzenten kannst du keinen Vorwurf machen», entgegnete David. «Da die Erwachsenen nicht mehr ins Kino gehen, braucht Hollywood sich ihrem Geschmack nicht mehr anzupassen.»

«Wo hast du denn das aufgeschnappt?» wollte Sullivan wissen.

«In einer Fernsehsendung über die Freiwillige Selbstkontrolle», antwortete David.

«Was ist da sonst noch gesagt worden?»

«Die Grenzkategorie ‹ab 16› bürde den Eltern eine ganz besonders schwere Verantwortungslast auf. Letzten Endes, Vater, mußt du entscheiden, wieviel Gewalt oder sexueller Freizügigkeit ich in meinen Entwicklungsjahren ausgesetzt werde.»

Ich spürte, daß Sullivan die Geduld verlor. «Wenn es an mir läge, würde ich dich in keinen dieser idiotischen Filme lassen!» rief er und warf die Zeitung hin.

«Ich mag deine Meinung über die neuen Filme nicht teilen, respektiere aber als Minderjähriger dein Recht, mich vor ihnen zu schützen.»

«Da hast du fünf Dollar», meinte Sullivan resigniert. «Geh und sieh dir an, was du willst.»

«Danke schön, Vater», sagte David.

David und ich ließen den wutschnaubenden Sullivan im Wohnzimmer zurück. «Und was wirst du dir jetzt ansehen?» fragte ich den Jungen.

«*Indiana Jones*», flüsterte er mir zu. «Diese Arie geht hier jede Woche ab.»

Vorübergehend außer Betrieb

Eine der unheilschwangersten Botschaften ist heutzutage «Unser Computer ist vorübergehend außer Betrieb». Wer versucht, seinen Geschäften nachzugehen, bekommt sie immer öfter zu hören.

Kürzlich wollte ich mir auf einem Flughafen ein Ticket nach Washington kaufen, aber die Dame am Schalter sagte: «Bedaure, ich kann Ihnen keinen Flugschein ausstellen. Unser Computer hat eine Störung.»

«Er ist gestört? Geistig? Hat Ihr Rechner das Einmaleins vergessen?»

«Nein, das ist fest eingespeichert. Deshalb ist die Störung ja auch nur vorübergehend.»

«Meinetwegen. Wenn Ihr Computer außer Betrieb ist, stellen Sie mir halt einen Flugschein aus.»

«Das geht nicht. Flugscheine darf nur der Computer ausstellen.»

Ich sah an der Reihe der Schalter entlang, und überall standen die Angestellten herum, tranken Kaffee und starrten auf dunkle Bildschirme.

«Was haben die Menschen dann eigentlich an den Schaltern noch zu tun?»

«Wir geben dem Computer Ihre Flugdaten ein, und er sagt uns dann, ob Sie einen Platz bekommen oder nicht.»

«Wenn er also außer Betrieb ist, sind Sie ebenfalls aus dem Verkehr gezogen.»

«Sehr treffend, Sir. So hat das bisher noch niemand formuliert.»

«Wie lange wird die Störung wohl dauern?» fragte ich.

«Schwer zu sagen. Manchmal zehn Minuten, manchmal

zwei Stunden. Genau erfahren wir das nur, indem wir den Computer fragen, und da er außer Betrieb ist, gibt er keine Antwort.»

«Gibt es denn keinen Ersatzcomputer für den Fall, daß der Hauptrechner ausfällt?»

«Das möchte ich bezweifeln. Wissen Sie, was diese Anlagen kosten?»

«Vergessen wir mal den Computer. Was ist mit Ihren Maschinen? Die fliegen doch bestimmt noch?»

«Da müßte ich erst den Computer fragen, aber, wie ich bereits sagte –»

«Ich weiß, er ist kaputt. Soll ich einfach zum Flugsteig gehen und mich beim Piloten erkundigen, ob er nach Washington fliegt?» fragte ich.

«Ich wüßte aber nicht, zu welchem Flugsteig ich Sie schicken sollte.»

«Dann klappere ich sie alle ab», schlug ich vor.

«Selbst wenn der Pilot nach Washington flöge, dürfte er Sie ohne Ticket nicht an Bord lassen.»

«Und wenn ich jetzt bei Ihnen den Flugpreis entrichte und dann dem Piloten die Quittung zeige?»

«Ich wüßte nicht, was ich Ihnen berechnen sollte. Über die Flugpreise ist nur der Computer informiert, weil die sich stündlich ändern.»

«Darf ich meine Kreditkarte benutzen?»

«Völlig ausgeschlossen. Wenn der Computer außer Betrieb ist, kann er die Kreditkartengesellschaft nicht veranlassen, Ihr Konto mit dem Flugpreis zu belasten.»

«Gibt es denn keine andere Fluggesellschaft, die im Lauf der nächsten paar Stunden eine Maschine nach Washington starten läßt?»

«Das kann ich leider nicht sagen», erwiderte sie und wies auf den dunklen Schirm. «Das weiß nur er.»

«Und im Augenblick steht er dumm da und weiß nichts.»

«Er weiß es schon», sagte sie, nun in der Defensive. «Er kann es mir nur nicht sagen.»

Inzwischen hatten sich längere Schlangen gebildet. Unter den anderen Reisenden verbreitete sich rasch die Nachricht, der Computer sei außer Betrieb. Niemand wußte genau, was das nach sich ziehen würde, aber manche Leute wurden blaß, anderen kamen die Tränen, und wieder andere begannen ihr Gepäck mit Fußtritten zu traktieren.

Ein Mann in einer roten Jacke kam heraus. «Bitte bewahren Sie Ruhe. Wichita ist verständigt worden.»

«Was hat Wichita denn damit zu tun?» fragte ich.

«Dort steht unser Zentralcomputer, der ausfiel. Aber sobald er sich von seinem Kurzschluß erholt hat, spendiert er allen, die ihren Flug verpaßt haben, eine Runde.»

Monopoly

Letzte Woche herrschte in unserer Nachbarschaft große Aufregung. Zum ersten Mal stand ein Haus zum Verkauf, für das über eine Million Dollar verlangt wurde.

Die meisten Häuser in unserem Viertel wurden in den vierziger und fünfziger Jahren erbaut und kosteten damals dreißig- bis vierzigtausend Dollar. Im Laufe der Jahre wuchs ihr Wert, doch es hätte sich niemand träumen lassen, daß für eines jemals eine Million gefordert werden würde.

Trembling, der mir die Nachricht brachte, sagte: «Daß jemand bald die sechs Stellen überschreiten würde, wußte ich ja, aber ausgerechnet Ed Hurwitz? Das hätte ich nie gedacht.»

«Unglaublich, daß Hurwitz eine Million für seinen Schuppen haben will. Ich bezweifle, daß er vor zehn Jahren mehr als dreiundsechzigtausend dafür hingelegt hat.»

«Heute früh sah ich die Anzeige in der Zeitung. Die lautet so: ‹Historisches, großbürgerliches Stadthaus in einer der begehrtesten Wohnlagen Washingtons. Einmalige Gelegenheit für kultivierte Familie, ein Heim mit Charakter zu erwerben. VHB 1450000 Dollar. Nur wenige Minuten Fußweg zur schwedischen Botschaft.›»

«Das ist doch ein Witz», sagte ich. «Das kann Hurwitz nicht ernst meinen.»

«So? Sie sollten sich mal ansehen, was bei dem Haus vorgefahren ist. Sieht aus, als wäre ein Star zu Besuch.»

Aus purer Neugier schlenderten wir hinüber zu Hurwitzens Haus. Und in der Tat war die ganze Straße von Mercedessen, BMWs, Jaguars und Cadillacs mit Chauffeur zugeparkt. Frauen in Pelzmänteln standen vor der Tür

Schlange, und Hurwitz verteilte eine vervielfältigte Beschreibung des Hauses. Diese erwähnte unter anderem «antike Lampen, Kellerbar, Stil-Bibliothek mit Originalgesimsstreifen, hochmoderne Waschküche».

«Erstaunliches Echo», sagte ich zu Hurwitz.

«Es hat selbst mich überrascht», erwiderte er, «die Maklerin aber nicht. Wer sich die Meute, die nur nach Sonderangeboten jagt, vom Hals halten und die besseren Kreise anlocken will, muß einfach über eine Million verlangen, meinte sie.»

«Waren die Leute nicht enttäuscht, als sie ankamen und das Haus sahen?»

«Dem Anschein nach nicht», sagte Hurwitz. «Sie denken sich wohl, daß an einem Objekt, das über eine Million kostet, mehr dran sein muß, als man auf den ersten Blick sieht. Außerdem lassen Leute, die sich solche Preise leisten können, sowieso alles herausreißen und geben noch einmal eine Million aus, um das Haus ‹bewohnbar› zu machen. Was sie hier so attraktiv finden, ist die Tatsache, daß sie alles ohne Gewissensbisse rausschmeißen können.»

Hurwitz nahm Trembling und mich mit hinein.

«Sie haben ja noch nicht mal die Wände streichen lassen», sagte ich.

«Wozu denn? Der Käufer läßt alles doch gleich wieder überpinseln. Die Augen der Frauen leuchten auf, wenn sie diese Bude sehen, und sie können es kaum erwarten, den Maler zu bestellen. Eines habe ich bei diesem Hausverkauf für eine Million gelernt: je weniger man bietet, desto leichter findet man Käufer.»

Wir gingen in die Küche. Sie enthielt einen Gasherd, Baujahr 1960, einen Kühlschrank aus den siebzigern, einen zerkratzten Holztisch, zwei Stühle und ein Gewürzregal, das Hurwitz mit Rabattmarken ergattert hatte.

Eine Frau sagte zur anderen: «Ausgesprochen reizend. Küchen wie diese gibt's heute nicht mehr.»

«Traumhaft», gab die andere Frau zurück. «Man kann von Grund auf renovieren und hat völlig freie Hand.»

«Das gilt auch fürs Badezimmer», sagte Hurwitz zu ihnen.

Als wir wieder im Wohnzimmer standen, bemerkte ich: «Wenn ich es nicht mit eigenen Augen gesehen hätte, würde ich es nicht glauben. Die Leute sind ja geradezu geil auf diese Bruchbude.»

Hurwitz wirkte beleidigt. «In Ihren Augen mag das eine Bruchbude sein, aber für die Leute, die heute gekommen sind, stellt es den Traum dar, für den sie ihr Leben lang gearbeitet haben.»

«Moment mal», warf Trembling ein. «Wenn Sie für diese Ruine eine Million vierhunderttausend kriegen, bedeutet das, daß alle Häuser in der Nachbarschaft für die Steuer neu veranlagt werden und wir für Ihr Absahnen blechen müssen.»

«Machen Sie mir keinen Vorwurf», sagte Hurwitz. «Ursprünglich verlangte ich hunderttausend für das Haus, aber niemand biß an. Jetzt, wo ich eine Million haben will, rennen sie mir die Tür ein.»

Beziehungskiste

Ob wir es nun zugeben wollen oder nicht, das neue Verhältnis zwischen Frau und Mann wirft ernste Gefühlsprobleme auf.

Peter Gastonernough, ein junger Mann, mit dem ich bekannt bin, stellte mir letzthin eine seltsame Frage. «Halten Sie mich für einen Schwächling?»

«Eigentlich nicht. Warum fragen Sie?»

«Weil meine Freundin dieser Ansicht ist.»

«Und wie kam sie zu diesem Schluß?»

«Sie sagt, ich sei unentschlossen, aber ich weiß nicht, was sie eigentlich will.»

«Haben Sie sich bei ihr erkundigt, was *sie* will?»

«Ja, aber sie sagte, wenn ich nicht wüßte, was sie will, müßte ich ein Schlappschwanz sein.»

«Klingt bedenklich. Haben Sie denn eine Ahnung, welches Verhalten sie von Ihnen erwartet?»

«Sie will, daß ich stark und maskulin bin und Durchsetzungsvermögen beweise, glaube ich.»

«Haben Sie das einmal versucht?»

«Jedesmal, wenn ich mit diesem Ansatz komme, behauptet sie, ich würde sie nicht als ebenbürtig behandeln. Die Zeiten, in denen Frauen sich rumschubsen ließen, sind vorbei, sagt sie immer wieder. Sie will, daß ich auch ihre Ansichten gelten lasse.»

«Haben Sie ihr zu verstehen gegeben, daß Sie das tun?»

«Ja, und dann hat sie mich einen Schlappschwanz geheißen.»

«Sind Sie sicher, daß das die Richtige für Sie ist?»

«Wir lieben uns sehr, aber es gibt mehr Probleme, als ich

erwartet hatte. Heutzutage hat man es als Mann nicht leicht», klagte er.

«Das ist uns allen klar. Vielleicht sollten Sie Ihre Gefühle offenlegen und Ihre Schwierigkeiten, sie zufriedenzustellen.»

«Wenn ich ihr meine Gefühle offenbarte, hielte sie mich für einen Schwächling.»

«Da sie Sie ohnehin schon einen Schlappschwanz geheißen hat, haben Sie nicht sehr viel zu verlieren.»

«Ihren Respekt schon.»

«Wie sind Sie eigentlich in diesen Schlamassel hineingeraten?»

«Das hatte etwas mit dem neuen Bewußtsein zu tun, glaube ich. Als wir uns kennenlernten, sagte sie, ich sei der totale Macker, und wenn ich meine Haltung nicht änderte, wollte sie nichts mehr von mir wissen. Also bemühte ich mich um eine neue Einstellung. Wenn sie etwas unternehmen wollte, zog ich mit. Wollte ich etwas tun, überließ ich ihr die Entscheidung. Anfangs gefiel sie sich in dieser Rolle, wurde aber ziemlich bald sauer und wollte wissen, weshalb sie alle Entscheidungen für uns beide treffen müsse.»

«Mag sein, daß sie ein Signal setzen wollte. Frauen mögen vorgeben, sie fühlten sich in dieser Rolle wohl, sind aber in Wirklichkeit viel glücklicher, wenn ihnen jemand die Entscheidungen abnimmt.»

«Dessen bin ich mir bewußt. Aber ich bin ihr schon zu weit entgegengekommen. Wenn ich nun eine Entscheidung treffe, wird sie wütend und meint, als gleichberechtigte Partnerin sollte sie fairerweise genausoviel zu sagen haben wie ich.»

«Das hat sie vielleicht gesagt, aber nicht ernst gemeint.»

«Als ich mich erkundigte, ob es ihr auch ernst damit sei, bekam ich zu hören, sie sei es müde, dauernd ausgefragt und angezweifelt zu werden.»

«Diesem Gespräch nach scheint es ihr Spaß zu bereiten, Ihnen das Leben zur Hölle zu machen.»

«Das glaube ich nicht. Sie ist bestimmt genauso verwirrt wie ich. Als Frau hat man es heutzutage schwer.»

«Das ist uns allen klar. Warum packen Sie den Stier nicht bei den Hörnern und werden wieder ein Macho, so wie früher?»

«Ich glaube nicht, daß sie das hinnehmen würde. Sie glaubt nämlich an die Emanzipation.»

«Und das bedeutet?»

«Selbst wenn sie meinen Rückfall akzeptierte, würden ihre Freundinnen ihr das nie verzeihen.»

«Es muß doch ein Mittelding zwischen Macker und Softy geben», sagte ich. «Wo bleiben denn die emanzipierten Männer?»

«In der Ecke, heulend.»

Gesetze der Gastfreundschaft in New Jersey

Kürzlich fällte das Oberste Gericht des Staates New Jersey eine Entscheidung, welche Leuten, die Partys geben, das Leben unglaublich schwermacht. Das Gericht verfügte nämlich, der Veranstalter einer Festlichkeit könne haftbar gemacht werden, wenn ein Gast sein Haus berauscht verläßt und einen Unfall verursacht, bei dem andere verletzt werden.

Die Belastung für Gastgeberinnen und Gastgeber ist größer, als die meisten Bewohner von New Jersey ertragen können.

Kurz nachdem die Entscheidung rechtskräftig geworden war, begingen die Faheys in ihrem Haus in East Orange, New Jersey, ihre silberne Hochzeit, und ich war eingeladen.

Es gab Berge köstlicher Speisen, eine Silberhochzeitstorte und in einer entlegenen Ecke eine Bar.

«Herzlichen Glückwunsch, Fahey», sagte ich. «Was für ein denkwürdiger Tag. Darauf sollte ich einen trinken.»

Er sah mich scharf an. «Wie viele haben Sie denn schon intus?»

«Nur ein Glas», erwiderte ich.

Er nahm sein Notizbuch heraus und schrieb etwas hinein.

«Was machen Sie denn da?»

«Ich überwache die Gäste», versetzte er. «Bei Ihnen ist nach dem dritten Glas Schluß.»

«Warum nur drei?»

«Vor der Party haben wir alle Gäste bewertet. Einem Regierungsgutachten zufolge vertragen Sie nicht mehr als drei.»

«Aber ich fahre doch gar nicht, sondern bin mit Mike Clark gekommen.»

Fahey konsultierte sein Notizbuch. «Gut, daß Sie mir das gesagt haben. Clark hat schon nach vier Glas Wein einen in der Krone. Entschuldigen Sie mich, aber ich sehe gerade, daß sich Dale Denton da drüben gerade das zweite Glas Champagner genommen hat. Glaubt der, er wäre auf einem Besäufnis?»

Ich schlenderte zu Jonah Shacknai. «Na, wie sieht's aus?» fragte ich.

«Annehmbar. Ich geh jetzt heim.»

«So früh schon? Wir haben doch noch nicht mal gegessen.»

«Ich trank zwei Whiskys mit Wasser, und Fahey hat dem Barkeeper gesagt, ich sei jetzt gesperrt. Und da ich keine Lust habe, für den Rest des Abends Eiswürfel zu lutschen, gehe ich.»

«Muß schwer sein, sich auf einer Party in New Jersey zu amüsieren», merkte ich an.

«Vor dieser dämlichen Gerichtsentscheidung war mehr los. Sehen Sie die hübsche Kleine da drüben? Nach fünf Wodkas mit Tonic läßt die alles raus, höre ich.»

«Na, Sie sind doch Junggeselle. Warum machen Sie sich nicht an sie ran?»

«Reine Zeitverschwendung. Fahey erlaubt ihr nur drei.»

Mrs. Fahey kam vorbei. «Amüsiert sich alles gut?» fragte sie.

«In Maßen», merkte ich an.

Sie schaute in ihr Notizbuch und sagte dann: «Darf ich Ihr Glas nachfüllen?»

«Mit meinem letzten Drink warte ich lieber bis nach dem Essen», erwiderte ich.

«Sehr vernünftig. Kein Grund, zu früh zum Höhepunkt zu kommen.»

Ich kam zufällig an der Bar vorbei und fand Fahey in einem Zustand der Erregung. Er prüfte den Inhalt aller Flaschen.

«Was ist denn los?» fragte ich.

«Der Barbestand deckt sich nicht mit meinen Eintragungen. Gäste müssen mich über ihren Alkoholkonsum angeschwindelt haben.»

«Immer mit der Ruhe, Fahey. Es ist doch Ihre Silberhochzeit.»

«Für Sie ist das leicht gesagt. Sie brauchen ja keine Angst zu haben, vor Gericht gezerrt zu werden.»

Endlich wurde das Abendessen serviert. Wir tranken aufs Wohl des glücklichen Paares, aber nicht mit Wein, sondern mit Mineralwasser. Zum Abschluß leerte ich mein letztes Glas und ging dann meinen Mantel holen. In der Diele fielen mir mehrere Gäste auf, die nebeneinander auf Stühlen saßen.

«Worauf warten die?» fragte ich Fahey.

«Die sind beim Alkoholtest durchgefallen», gab er empört zurück, «und müssen jetzt die ganze Nacht hier hocken bleiben.»

Das Püppchen

Ursprünglich sollte es ja anders sein, aber Weihnachten ist für Eltern, die meinen, ihren Kindern ihre ewige Liebe unter Beweis stellen zu müssen, zu einem Alptraum geworden. Viele Mütter und Väter können diese Liebe nur ausdrücken, indem sie den neuesten Spielzeug-Hit besorgen.

Ein solcher Fall war Broadstreet, der schwitzend und zitternd in mein Büro kam.

«Helfen Sie mir!» rief er.

«Dafür bin ich da», sagte ich. «Was brauchen Sie denn?»

«Ich muß für meine Tochter zu Weihnachten unbedingt ein Jez-Püppchen ergattern.»

«Sind Sie von Sinnen? Eine Aufenthaltsgenehmigung für einen illegalen Ausländer kann ich Ihnen besorgen. Wenn Sie einen Milliardenauftrag von der Air Force haben wollen, den kann ich Ihnen einfädeln. Meinetwegen lasse ich Ihnen auch einen Platz im nächsten Space-Shuttle buchen. Aber wo finde ich Ende Dezember so ein Modepüppchen?»

«Sie sind meine letzte Hoffnung. Ich habe jedes Spielwarengeschäft an der Ostküste abgeklappert, Zeitungsanzeigen aufgegeben und sogar versucht, beim Hersteller einzubrechen. Alles ergebnislos. Wie soll ich meiner Jessica in die Augen sehen, wenn an Weihnachten keine Jez unterm Christbaum liegt?»

«Mit diesem Problem müssen sich dieses Jahr viele Väter auseinandersetzen», erklärte ich.

«Andere Väter sind mir Wurst. Mir macht nur Jessica Kummer. Wenn ich ihr diese Puppe nicht besorge, verliere ich meine Glaubwürdigkeit.» Er schlug die Hände vors Gesicht. «Ich habe als Erzieher versagt.»

«Sie sind kein Versager», tröstete ich Broadstreet. «Versagt hat das System. Jessica kann doch Ihnen nicht vorwerfen, daß die Spielzeugfirma nicht genug Puppen fürs Weihnachtsgeschäft hergestellt hat.»

«Es ist nicht allein Jessica, die mir Kummer macht. Jeden Abend, wenn ich heimkomme, steht meine Frau Deborah an der Tür und zischt: ‹Hast du eine?› Dann muß ich den Kopf schütteln und sehe nur Angst und Abscheu in ihren Augen.»

«Macht sie Ihnen Vorwürfe?»

«Nein, aber ich kann ihre Gedanken lesen, wenn wir stumm beim Abendessen sitzen. Sie denkt: ‹Hundert Erfolgstypen hätte ich kriegen können, und geheiratet habe ich einen, der seinem Kind noch nicht einmal ein Püppchen besorgen kann.›»

«Das bilden Sie sich nur ein», beruhigte ich. «Bestimmt denkt sie: ‹Wenn ich seinen Schmerz doch nur teilen könnte.›»

«Da kennen Sie Deborah nicht. Vier ihrer Freundinnen haben schon Jez-Püppchen für Weihnachten im Kleiderschrank versteckt. Sie sagen es zwar nicht laut, aber Deborah weiß, daß sie bedauert wird, weil sie eine schlechte Partie gemacht hat.»

«Broadstreet, man wird Sie nicht der Kindesmißhandlung bezichtigen, nur weil es Ihnen nicht gelingt, für Ihre Tochter ein Modepüppchen zu finden. Vielleicht ist es an der Zeit, daß Jessica lernt, daß man im Leben nicht alles haben kann.»

«Und das wollen Sie einer Vierjährigen am Weihnachtstag beibringen?»

«Vermutlich nicht. Haben Sie auch wirklich alle Quellen ausgeschöpft? Vorgestern stand in der Zeitung, die Sparkasse ‹Treu und Glauben› gäbe jedem, der fünfzigtausend Dollar für zehn Jahre fest anlegt, eine Jez umsonst dazu.»

«Diese Anzeige habe ich auch gesehen. Der Sparkasse gingen die Puppen schon am ersten Tag aus. In einem anderen Inserat bot jemand ein Haus in Georgetown für zwei Millionen an und versprach als Bonus bei Kaufabschluß einen Rolls Royce Silver Cloud und eine Jez. Der Mann mußte die Polizei rufen, weil sechshundert Menschen auftauchten. Ich bin am Ende. Deshalb komme ich zu Ihnen.»

«Na schön», meinte ich. «Ihnen zuliebe will ich das Weiße Haus anrufen. Dort steht man in meiner Schuld.»

Ich ließ mich mit einem der Top-Wasserträger des Präsidenten verbinden. «Nun, was hat er gesagt?» fragte Broadstreet, als ich aufgelegt hatte.

«Ich könnte die Angelegenheit gleich vergessen. Selbst die Reagans sind nicht in der Lage, für ihre Enkelin so ein Püppchen aufzutreiben.»

Hausbesuch

Sie mögen sich fragen, weshalb es Santa Claus in diesem Jahr nicht schaffte, jedes Haus zu besuchen. Der Grund: er hatte Pech und blieb hängen.

Bei dem alten Knaben lief alles genau nach Plan, bis er das Haus meines Arztes erreichte. Der gute Doktor war zufällig noch spät auf und las seiner Frau aus einer medizinischen Fachzeitschrift vor, was er jeden Heiligabend tut. Und als Santa den Kamin runterkam, schaute mein Arzt auf und sagte: «Ich empfange heute keine Patienten. Dr. Pincus vertritt mich.»

«Ich bin kein Patient, sondern will nur ein paar Geschenke für Ihre Kinder abliefern.»

«Warum schnaufen Sie so?» fragte mein Hausarzt.

«Mein Zeitplan ist sehr knapp», antwortete Santa. «Außerdem ist mein Sack so voll mit Transformatoren und Computern, daß er mir fast das Kreuz bricht.»

«Für jemanden, der so schwer zu tragen hat, sind Sie aber sehr fettleibig», meinte mein Doktor. «Würden Sie sich bitte einmal auf die Waage stellen?»

Santa wurde rot. «Daß ich so dick aussehe, liegt an meinem Kostüm. In Wirklichkeit wiege ich nur hundertzwölf Kilo.»

Mein Doktor nahm ein Buch aus dem Regal. «Gemäß der neuesten Lebensversicherungstabelle wäre dreiundachtzig Kilo Ihr Idealgewicht.»

«Gleich nach Weihnachten fange ich mit einer Diät an», versprach Santa.

«Bitte ziehen Sie sich aus und lassen Sie sich einmal untersuchen. Treten Sie hinter den Wandschirm.»

Santa tauchte in Unterhosen wieder auf.

«Mir gefällt Ihre rote Nase nicht. Trinken Sie viel?»

«Nur ein paar Kurze im Schlitten, zum Aufwärmen.»

«Sie trinken beim *Fahren*?»

«Klar, aber meine Rentiere nicht, und die wissen, wo's langgeht. Ho-ho-ho.»

Mein Arzt setzte Santa das Stethoskop an die Brust. «Lachen Sie bitte noch mal so.»

«Ho-ho-ho.»

«Hm, da bahnen sich Bronchialbeschwerden an. Mag sein, daß Sie bei Ihrer vielen Kaminkletterei krebserregende Substanzen eingeatmet haben. Ich schicke Sie gleich ins Krankenhaus Georgetown und lasse vom Notdienst Ihre Atemwege untersuchen.»

«Da komme ich gerade her und habe auf der Kinderstation Geschenke abgeliefert», sagte Santa. «Der Notdienst ist total überlastet, weil am Heiligabend kein Arzt Hausbesuche macht. Aber ich bitte Sie, ich fühle mich großartig. Kennen Sie jemanden, der so munter und fidel ist wie ich? Ich lache dauernd.»

«Lachen könnte auf endogene Ängste hinweisen. Andauerndes Lachen oder Kichern ist nur Spannungsentladung. Ein Mensch wie Sie, der es allen recht machen will, muß unter enormem Streß stehen, dessen Verdrängung sich später rächt. Verschaffen Sie sich genug Bewegung?»

«In Kaminen eine Menge.»

«Aber für den Rest des Jahres haben Sie kein geregeltes Fitness-Programm? Joggen Sie?»

«Haben Sie mal versucht, um den Nordpol rumzujoggen? Da friert man sich den Arsch ab.»

«Gut, Mr. Claus, Sie können sich wieder anziehen. Aber vorher möchte ich Ihnen reinen Wein einschenken. Wenn Sie nicht abnehmen und weiterhin diesen schweren Sack auf dem Rücken herumschleppen, bekommen Sie entweder einen Schlaganfall oder einen Bruch. So, und nun fahren Sie besser heim und legen sich hin, bis die Laborbefunde vorliegen.»

Um zwei Uhr früh traf Santa Claus am Nordpol ein, und seine Frau fragte entsetzt: «Was willst du denn schon hier?»

«Ein Arzt hat mir gesagt, mein Gesundheitszustand wäre katastrophal.»

«Und was wird aus dem Spielzeug, das noch auf dem Schlitten liegt? Das muß bis morgen früh ausgeliefert werden.»

Santa streckte sich auf dem Bett aus und seufzte. «Verständige einen Kurierdienst.»

Rotstift im Kreml

Zum Jahresende lade ich immer meinen Maulwurf aus der sowjetischen Botschaft in Washington zu einem Mittagessen mit drei Wodka-Martinis ein. Sein Codename ist «Nußknacker».

«Na, dann mal los, was gibt's Neues im Kreml?» fragte ich.

«Die Forschungsausgaben im Verteidigungshaushalt werden um fünfundsiebzig Prozent gekürzt», antwortete er.

«Unsinn, Nußknacker. Mit Desinformationen vom KGB kommen Sie bei mir nicht an.»

«Das ist wirklich wahr. Das Politbüro entschied Anfang des Jahres, die Entwicklung neuer Waffen aus Kostengründen einzustellen.»

«Und wie will es beim Wettrüsten mithalten, ohne Milliarden Rubel für Forschung und Entwicklung auszugeben?»

«Ganz einfach. Wir lassen euch Amerikaner die wissenschaftliche Drecksarbeit machen, und dann kaufen wir euch die Ergebnisse ab.»

«Sie glauben doch nicht im Ernst, daß die Vereinigten Staaten der Sowjetunion ihre Militärgeheimnisse verkaufen werden?»

«Direkt vom Hersteller bekommen wir sie nicht, können uns aber immer eines Mittelsmannes bedienen.»

«Was soll das für ein Mittelsmann sein?»

«Jemand, der in der Rüstungsindustrie arbeitet und etwas dazuverdienen will, um sich den amerikanischen Traum leisten zu können.»

«Wie meinen Sie das?»

«Nehmen wir einmal den Stealth-Bomber. Ihr Land gibt Milliarden aus, um einen Bomber zu entwickeln, den unser

Radar nicht erfassen kann. Uns blieben zwei Möglichkeiten: doppelt soviel für Gegenmaßnahmen auszugeben oder einem Ihrer Leute in Kalifornien die Pläne abzukaufen. Wir fanden einen Ingenieur, der uns für fünfundzwanzigtausend Dollar die Blaupausen lieferte. Das war eine Menge Geld, aber immer noch billiger, als ganz von vorne anzufangen und unseren eigenen Stealth-Bomber zu bauen.»

«Das ist aber ein fauler Trick», wandte ich ein. «Bei einem Wettrüsten wird von beiden Seiten erwartet, daß sie Spitzenpreise für die Entwicklung ihrer eigenen Waffensysteme zahlen. Es ist unfair von den Sowjets, uns die ganze Arbeit zu überlassen und sich dann in Kalifornien das komplette System zu einem Spottpreis unter den Nagel zu reißen.»

«Ihr könnt uns ja wegen Patentverletzung verklagen», meinte Nußknacker. «Genosse, ich will Ihnen ein finsteres Geheimnis verraten. Russische Computer sind lausig, und wenn wir uns auf die verlassen müßten, wären wir schon längst aus dem Wettrüsten ausgestiegen. Was die russische Kriegsmaschinerie in Gang hält, ist amerikanisches Knowhow.»

«Und wie findet ihr diese Mittelsmänner, die unsere Geheimnisse an euch verschachern?»

«Ganz einfach. Wir brechen mit einem billigen Apple-Computer in die Datenbank einer Schufa ein und suchen nach einem Angestellten der Rüstungsindustrie, der seine Hypothek nicht abtragen kann. Dann gehen wir zu ihm, lösen ihn aus und lassen uns dafür die Pläne des Steuerungssystems der MX-Rakete geben.»

«Warum konzentriert ihr euch ausgerechnet auf Kalifornien?»

«Weil dort keiner mit seinen Hypothekenzahlungen nachkommt.»

«Man sollte doch meinen, der Nationalstolz verböte es den Sowjets, ein Waffensystem zu kopieren, an dem Amerikaner jahrelang gearbeitet haben.»

«Es geht nicht um den Stolz, sondern um die Kosten. Der sowjetische Steuerzahler ist es leid, soviel Geld für die Verteidigung hinblättern zu müssen. Solange Moskau den größeren Rumms pro Rubel produziert, ist dem Sowjetbürger egal, wer als erster auf die Idee kam.»

«Fünfundzwanzigtausend Dollar – ist das der höchste Preis, den der Kreml für ein amerikanisches Waffensystem zu zahlen bereit ist?»

«Mehr hat Moskau im Verteidigungshaushalt 1985 für Forschung und Entwicklung nicht vorgesehen. Aber wenn uns jemand SDI-Geheimnisse anböte, würden wir auf fünfzigtausend erhöhen, selbst wenn wir es von der Schulspeisung abknapsen müßten.»

Die Bürgerwehr von Georgetown

Nachdem uns die positive Reaktion der Bevölkerung auf den Selbstschutzakt eines Mannes, der in der New Yorker U-Bahn vier Rüpel einfach niedergeknallt hatte, aufgefallen war, beschlossen wir hier in Washington, selbst eine Bürgerwehr zu gründen, um dafür zu sorgen, daß in der Hauptstadt der Nation dem Gesetz Genüge getan wird.

Da im District of Columbia um Washington herum strenge Schußwaffengesetze gelten, fuhren wir einfach über die Staatsgrenze rüber nach Virginia, wo man sich kaufen kann, was man will – vom kurzläufigen «Saturday Night Special», Kaliber 0,22, bis zur halbautomatischen Uzi-Maschinenpistole.

Ich entschied mich für einen 38er Smith & Wesson, weil der so bequem unter mein Jackett paßt und mich an die alten Westernfilme erinnert, in denen die guten Jungs die Bösewichte immer aus der Stadt verjagten.

Lange brauchte unsere Bürgerwehr nicht zu warten. Schneider war am Vorabend auf der Straße überfallen und beraubt worden und meinte, er könne die Täter identifizieren. Wir fuhren mit ihm zu einer Bar in Georgetown, in der er uns die Übeltäter zeigte.

«Sind Sie auch sicher, daß das die Kerle sind?» fragte ich ihn.

«Aber klar», antwortete Schneider. «Der Große da drüben hat einen Regenmantel an, genau wie den, den sie mir abgenommen haben.»

Das reichte uns. Wir zerrten die drei Männer aus der Bar und erschossen sie.

Die Polizei war stinkwütend, weil wir ihr die Arbeit

weggenommen hatten. Die Öffentlichkeit aber war begeistert, und wir wurden über Nacht zu Volkshelden.

Unser nächster Einsatz kam, als in der Nachbarschaft ein Laden überfallen wurde.

Der Verkäufer sagte, der Räuber habe zwar eine Halloween-Maske getragen, doch er hätte das Gefühl, es wäre ein Taxifahrer gewesen, der weiter unten in der Straße wohne.

Wir holten den Taxifahrer aus dem Bett und stellten ihn zwecks Identifizierung dem Verkäufer gegenüber. «Das könnte er sein», sagte der.

«Langsam», mahnte Pester. «Wir müssen ganz sicher sein. Als Bürgerwehr dürfen wir doch keinem Unschuldigen etwas zuleide tun. Sie sagten, der Räuber hätte eine Halloween-Maske aufgehabt. Was war das für eine Maske?»

«Eine Darth-Vader-Maske.»

Wir schickten Pittman los, um im Kostümgeschäft eine Maske zu besorgen. Die setzten wir dann dem Taxifahrer auf.

«Das ist er!» rief der Verkäufer erregt.

«Sind Sie auch ganz sicher?»

«Ein Gesicht vergesse ich nie», erwiderte der Verkäufer.

Also schleppten wir den Taxifahrer raus auf die Straße und brachen ihm die Beine.

Danach nannte man uns «Die Männer, die Rot sehen», und wir hatten mehr Anhänger als Washingtons Football-Team.

In der liberalen Presse bezeichneten uns irgendwelche Waschlappen in ihren Leitartikeln als «brutalen Schlägertrupp», und im Fernsehen verurteilte der Bürgermeister unsere Aktion. Das machte aber nichts, denn inzwischen fürchteten die Kriminellen uns mehr als die Polizei.

Am Weihnachtsabend meldete Alvin: «Ich hab gerade einen Tip bekommen. In einem Haus in Nordwest-Washington soll sich eine Dealerbande versteckt haben.»

«Zünden wir es an, um allen Drogenhändlern in der Stadt eine Lektion zu erteilen.»

Wir sprangen mit zwei Kanistern Benzin in unseren Bus und fuhren zu der Adresse, die Alvin von seinem V-Mann bekommen hatte. Dann gossen wir rund ums Haus den Sprit aus und steckten ihn an. Ein Vater, eine Mutter und drei Kinder kamen aus dem Haus gerannt. «Sind Sie verrückt geworden? Was soll denn das?» brüllte der Vater.

«Wir erteilen euch Dealern eine Lektion.»

«Ich bin kein Dealer! Ich arbeite bei der Post!»

«Ist das Ihre Anschrift?» fragte Alvin und zeigte ihm, was sein V-Mann aufgeschrieben hatte.

Der Briefträger sah sich die Adresse an und rief: «Nein, ihr blöden Ärsche! Das ist in *Südwest*-Washington, nicht in Nordwest. Ihr habt das falsche Haus abgebrannt!»

«Bloß keine Aufregung, guter Mann», sagte ich. «Selbst der Bürgerwehr unterläuft hin und wieder mal ein Fehler.»

Dinner für zwei

In einem *Newsweek*-Artikel über Yuppies las ich, daß die Kreditkarten-Gesellschaften, als sie feststellten, daß Frauen nicht auf ihre überwiegend männerorientierte Fernsehwerbung ansprachen, Werbekampagnen starteten, die moderne Aktivitäten herausstellten wie zum Beispiel eine Frau, die einen Mann zum Abendessen ausführt, um *ihre* Karte einzuweihen.

Ich habe mir die Werbespots angesehen und war beeindruckt, frage mich aber immer wieder, was sich abspielt, nachdem die Frau dem gutaussehenden Mann in der Lobby des Wolkenkratzers ihre Kreditkarte gezeigt hat und dann mit ihm in ein sehr teures Restaurant geht.

Der Oberkellner bringt die Speisekarten.

Frau mit Kreditkarte zum Begleiter: Was darf's sein?

Er: Warum bestellen Sie nicht für uns beide?

Sie: Tagliatelle verdi al pesto, Steak Diane, Kartoffelsoufflé, Endiviensalat nach Art des Hauses angemacht, eine Flasche Beaujolais nouveau, leicht gekühlt. Zum Dessert Kiwisoufflé.

Er: In der feinen Küche kennen Sie sich aber wirklich aus.

Sie: Muß man auch, wenn man auf der Überholspur fährt.

Er: Normalerweise gehe ich nicht mit verheirateten Frauen essen.

Sie: Ach wo, halten wir das mal ganz locker. Wir sind ausgegangen, um uns einen amüsanten Abend zu machen.

Er: Ich möchte nur vermeiden, daß Sie sich falsche Hoffnungen auf später machen, nur weil Sie mich zum Essen ausführen.

Sie: Wofür halten Sie mich? Ich bin eine Senkrechtstarterin. Hier, füllen wir mal Ihr Glas auf. Prost: Greifen wir nach allem, genießen wir's jetzt!

Er: Sie gehen aber ran!

Sie: Hat Ihnen eigentlich schon jemand gesagt, daß Sie wunderschöne Augen haben? Erzählen Sie doch mal was von sich.

Er: Da gibt's nicht viel zu erzählen. Ich bin in Iowa aufgewachsen und nach New York gekommen, um mir hier in der Werbebranche einen Namen zu machen.

Sie: Ich habe in der Madison Avenue ein paar einflußreiche Bekannte, die etwas für Sie tun könnten. Die sind mir alle eine Gefälligkeit schuldig. Hier, meine Karte.

Er: Bitte lassen Sie das.

Sie: Was denn?

Er: Das Händchenhalten. Für welchen Typ Mann halten Sie mich eigentlich?

Sie: Welchen Typ meinen Sie?

Er: Sie wissen schon. Kerle, die mit jeder Frau ins Bett steigen, die eine goldene Kreditkarte hat.

Sie: Lassen Sie mich Ihr Glas nachfüllen.

Er: Sie versuchen nur, mich betrunken zu machen, damit ich nicht mehr weiß, was ich tue.

Sie: Wie können Sie so etwas behaupten? Ich wäre doch nicht Marketing-Direktorin, wenn die Leute kein Vertrauen zu mir hätten.

Er: Reden wir mal von Ihrem Mann. Wie ist er als Mensch?

Sie: Sagen wir nur eins: der versteht mich nicht. Er ist langweilig und will nur vom Kinderkriegen reden.

Er: Wollen Sie denn keine Kinder haben?

Sie: Frauen, die Pampers kaufen, bekommen keine goldenen Kreditkarten.

Er: Bitte nehmen Sie Ihre Hand von meinem Knie.

Sie: Mir war nur die Serviette runtergefallen. Trinken Sie noch ein Glas Wein zu Ihrem Steak Diane. Finden Sie mich attraktiv?

Er: Sehr. Aber lassen Sie uns doch das Essen genießen und einfach nur gute Freunde sein.

Sie: Wir sind doch gute Freunde. Ehrlich, ich mag Sie wegen Ihrer geistigen Qualitäten. In welches Fitness-Zentrum gehen Sie?

Er: Ich fühle mich langsam beschwipst. Ich glaube, Sie bringen mich jetzt besser heim.

Sie: Meinetwegen. Wir können ja bei Ihnen noch einen trinken.

Er: Kommt nicht in Frage. Habe ich Ihnen nicht ausdrücklich gesagt, Sie sollten sich keine falschen Hoffnungen machen?

Sie: Aber wir sind doch moderne, aufgeklärte Menschen und haben die ganze Nacht vor uns.

Er: Ich habe mir geschworen, mich nie mit einer verheirateten Frau einzulassen.

Sie: Warum denn bloß nicht?

Er: Weil ich keine Lust habe, den Nebenmann zu spielen, der traurig auf einen Anruf wartet, während Sie Ihren Gatten mit Ihrer goldenen Kreditkarte zum Essen ausführen.

Selbstjustiz auf Rädern

Die Selbstschutzbewegung greift in den Vereinigten Staaten rapide um sich. Von Selbstjustiz in der U-Bahn und Bürgerwehren auf den Straßen hatte ich ja gelesen, wußte aber nicht, daß sich diese Methoden nun auch im Straßenverkehr durchgesetzt haben.

Bart Urp, ein ungewöhnlich friedfertiger Mann, verriet mir auf der Fahrt zur Arbeit, daß er einen Revolver dabeihabe für den Fall, daß ihn jemand schneidet oder ihm den Parkplatz wegzunehmen versucht.

«Sie würden doch nicht wirklich *schießen*?» fragte ich.

«Aber klar. Was bleibt mir denn anderes übrig, wenn ich von einem anderen Auto angegriffen werde?»

«Sie können doch nicht einfach das Recht selbst in die Hand nehmen!»

«Na und?» versetzte Bart. «Da die Polizei kein Interesse hat, unschuldige Fahrer vor Verbrechern am Steuer zu schützen, müssen wir das selbst tun. Sehen Sie sich bloß das Taxi da drüben an. Der Kerl will sich in meine Spur drängen.»

«Seine Spur ist wegen Bauarbeiten gesperrt.»

«Da hat er Pech gehabt. Noch einen halben Meter nach links, und er kriegt voll eine ab.»

«Sie haben ihn mißverstanden», protestierte ich. «Er hat seinen Blinker gesetzt und bittet nur höflich, auf Ihre Spur gelassen zu werden.»

«Vor drei Wochen hat so ein Weib versucht, mich zu schneiden, aber ich hab sie von hinten gerammt. Einen halben Block weit ist sie auf der vereisten Straße rumgeschleudert. Sie hätten ihr entsetztes Gesicht sehen sollen, als sie erkannte, daß endlich jemand mal entschlossen war, zurückzuschlagen.

Die fährt nie wieder einem gesetzestreuen Bürger in die Quere.»

«Ich verstehe Sie nicht mehr, Bart. Sie haben sich in eine Bestie verwandelt.»

«Das ginge Ihnen auch so, wenn Sie im Stoßverkehr zur Arbeit fahren müßten. Man ist auf den Straßen nicht mehr sicher. Wo bleibt die Polizei, die uns schützen soll?»

«Wovor denn?»

«Dem Schulbus da drüben zum Beispiel. Der Fahrer guckt mich blöd an.»

«Der Mann schaut so komisch, weil Sie Ihren Revolver noch in der Hand haben. Ich weiß, daß unser Verkehrssystem nicht perfekt ist, aber durch das Abknallen von Schulbusfahrern verbessern Sie es bestimmt nicht.»

«Vielleicht erschieß' ich ihn ja gar nicht», meinte Bart. «Aber eine Höllenangst kann ich ihm schon einjagen.»

Aus einer Seitenstraße kam ein Auto geschossen, und Bart hupte wie verrückt. «Haben Sie das gesehen? Der hat glatt ein Stoppschild überfahren.»

«Das ist doch nicht Ihr Problem, Bart!» schrie ich.

«Wenn nicht meins, dann wessen? Wenn nicht jetzt, dann wann?» rief Bart. «So, der kriegt jetzt einen Schuß vor den Kühler. Wenn er dann nicht anhält, geht mit der nächsten Kugel sein Benzintank hoch.»

Ich entriß ihm den Revolver. «Solange ich im Auto sitze, kommt das nicht in Frage.»

Bart sah mich verächtlich an. «Sie sind also auch so einer.»

«Was für einer?»

«Einer von den Leisetretern, die sich nicht darum kümmern, daß unsere Straßen von Fahrern unsicher gemacht werden, die nichts als Mord und Totschlag im Sinn haben.»

«Selbstjustiz schützt vor schlechten Fahrern nicht», wandte ich ein. «Jeder meint, der andere am Steuer hätte keine Ahnung vom Autofahren, und wir alle träumen manchmal davon, jemanden von der Straße zu fegen. Aber wenn diese

Wunschträume in Erfüllung gingen, wäre die halbe Bevölkerung der Vereinigten Staaten ausgelöscht.»

«Dieses Gelaber können Sie in Ihrer Kolumne anbringen!» fauchte Bart. «Wenn die anderen erst einmal wissen, daß man sich nicht kampflos überholen läßt, überlegen sie es sich zweimal, ehe sie hupen und blinken.»

«Es sei denn, auch sie hätten eine Waffe im Auto», sagte ich. «Wann soll dann das Morden enden?»

«Sobald die Polizei anfängt, uns vor Leuten zu schützen, die nicht ans Steuer gehören. Es gibt in Amerika keinen Autofahrer, der nicht insgeheim am liebsten Selbstjustiz üben würde.»

«Ich bin im Himmel.»

Achtung, Erdlinge. Es wird nicht mehr lange dauern, bis ihr eure Lieben im Weltraum beisetzen könnt. Deke Slayton, ehemals Astronaut, arbeitet für ein Firmenkonsortium, das beabsichtigt, die Asche Verstorbener in eine dreitausend Kilometer hohe Umlaufbahn zu bringen. Das erste Pietätsgeschoß sollte Ende 1986 starten.

Das Verkehrsministerium hat den Plan mit Begeisterung gutgeheißen und erklärt, er «stelle eine kreative Reaktion auf die Initiative des Präsidenten zur Förderung der kommerziellen Raumfahrt dar».

Soweit ich es verstehe, werden die sterblichen Überreste Ihres Onkels Sidney in einem Geheimverfahren so komprimiert, daß sie in eine fünf Zentimeter lange zylindrische Titankapsel passen, die dann zusammen mit der ebenso versiegelten Asche von 10330 anderen kürzlich Verschiedenen in eine hundertfünfzig Kilo schwere, auf Hochglanz polierte Kugel gepackt wird. Diese Kugel kommt per Rakete in den Himmel, wo sie garantiert mindestens dreiundsechzig Millionen Jahre lang im Orbit bleibt. Bei verfrühtem Wiedereintritt in die Atmosphäre werden die Gebühren rückerstattet.

Mr. Slaytons Konsortium stellt nur Rakete und Kapsel zur Verfügung und überläßt Verkauf und Zeremonien den Beerdigungsunternehmern und Leichenbestattern.

Dies mag zu einigen Problemen führen.

«Bitte nehmen Sie Platz.»

«Vielen Dank. Ich möchte meinen eingeäscherten Onkel Sidney in eine himmlische Umlaufbahn bringen lassen.»

«Da haben Sie Glück. Für nächsten Monat ist ein Start

angesetzt, und wir können noch einen Platz für ihn reservieren.»

«Wunderbar. In Ihrer Anzeige las ich, daß Sie für den Service dreitausendneunhundert Dollar berechnen.»

«Das ist nur der Grundpreis, zu dem wir Ihren Onkel nach oben schaffen. Haben Sie ihn geliebt?»

«Sehr.»

«Dann möchte ich Ihnen davon abraten, seine Asche in eine Standard-Titankapsel füllen zu lassen.»

«Weshalb?»

«Den Grund darf ich Ihnen eigentlich nicht verraten, aber obwohl in den Anzeigen behauptet wird, die Zylinder hielten fünfundsechzig Millionen Jahre, fallen manche schon nach dreißig Millionen auseinander. Und Sie wollen doch nicht, daß die Asche Ihres Onkels sich über den ganzen Himmel verteilt?»

«Nein, das ist wohl kaum der Zweck der Übung.»

«Dann möchte ich Ihnen dieses verbesserte Modell ‹Äon› empfehlen. Bitte beachten Sie: die Hülle ist doppelt so hart wie Titan, und das Innere hat ein Futter aus französischem Satin.»

«Was kostet das?»

«Nur neunhundert Dollar mehr, aber ich bin sicher, Ihr Onkel hätte Verständnis, wenn Sie sich für das schäbige Billigmodell entschieden.»

«Gut, gut, ich nehme die ‹Äon›-Kapsel. Wäre es damit getan?»

«Nun geht es nur noch um die Position des Aschenbehälters in der Kugel. Ich nehme an, Sie möchten Ihren Onkel so dicht wie möglich an der Außenhaut plaziert wissen, und erdwärts gerichtet.»

«Aber sicher.»

«Ein Zuschlag von sechshundert Dollar garantiert, daß seine Asche nicht in die Mitte zu den Economy-Passagieren geworfen wird. Möchten Sie Ihrem lieben Verstorbenen bei seinem Start ins All einen letzten Gruß entbieten?»

«Selbstverständlich.»

«Dann kann ich Ihnen zum Gruppenpreis von fünfzehnhundert Dollar eine Pauschalreise nach Kap Canaveral mit kostenlosem Frühstück vorm Abheben anbieten.»

«Onkel Sidneys Reise in die Umlaufbahn kostet mich aber mehr, als ich eingeplant hatte.»

«Ihr Geld ist gut angelegt. Jedesmal, wenn Sie gen Himmel schauen, werden Sie Ihren Onkel Sidney sehen in der Gewißheit, daß er auf Sie herablächelt, weil Sie ihn erster Klasse gebucht haben.»

Gorbatschow-Observation

Washingtons Kreml-Astrologen kamen letzte Woche in der Teestube «Schwarzer Mittag» zusammen, um sich über Michail Gorbatschows Aufstieg an die Spitze der UdSSR informieren zu lassen.

Professor Nikolai Dubokowsky, einer der führenden Kreml-Spezialisten im Lande, hielt das Referat. «Da mit Gorbatschow für mindestens dreißig Jahre gerechnet werden muß, sollten Sie ihn sehr scharf im Auge behalten.»

«Worauf sollen wir achten?»

«Er ist erst vierundfünfzig. Achten Sie auf seine Haltung, wenn er auf dem Lenin-Mausoleum steht. Bedenken Sie, er ist seit zehn Jahren der erste sowjetische Regierungschef, der eine Parade abnehmen kann, ohne daß links und rechts von ihm ein Mitglied des Politbüros steht und ihn am Arm festhält, damit er nicht umfällt. Das hat positive und negative Implikationen. Die Tatsache, daß er auf eigenen Füßen stehen kann, macht Gorbatschow gefährlich. Andererseits dürfen wir vom Kreml glaubwürdigere Erklärungen zum Gesundheitszustand des Chefs erwarten. Wenn von nun an verkündet wird, er litte an einer schweren Erkältung, können wir alle annehmen, daß er wirklich nur einen Schnupfen hat.»

«Warum hat Gorbatschow so eine gute Presse?»

«Weil er Englisch kann und ordentliche Anzüge trägt. Früher trauten die Amerikaner der Sowjetführung schon wegen ihrer schäbigen Kleidung nie. Wie sollte man über Wege zur Vermeidung des dritten Weltkriegs diskutieren mit Leuten, die Schlabberhosen und weiße Socken anhatten? Gorbatschow repräsentiert den Neuen Russen. Seine Jacketts sitzen, Hemd und Krawatte sind perfekt aufeinander abgestimmt. Mit so einem Mann braucht man sich nicht zu schämen, bei einer Gipfelkonferenz vor die Kameras zu treten.»

«Macht ihn seine flotte Kleidung zum bedrohlicheren Gegenspieler?»

«Er könnte sich so oder so entwickeln. Chruschtschow hämmerte bei den Vereinten Nationen mit seinem Schuh aufs Rednerpult ein und brachte uns damit an den Rand eines Atomkriegs. Gorbatschow fiele das im Traum nicht ein; er hätte Angst, sich den Lack zu zerkratzen. Dennoch müssen Sie ganz genau auf ihn aufpassen. Die Tatsache, daß er nicht über das Lametta auf seiner Brust sabbert, könnte der NATO zum Nachteil gereichen. Da man bei den anderen wußte, daß sie es nicht mehr lange machen würden, war der Westen bereit, sich ihre kleinen Streiche ein, zwei Jahre lang bieten zu lassen. Im Fall Gorbatschow wird es mindestens drei Dekaden dauern, bis er an der Kremlmauer landet.»

«Glauben Sie, daß er bei Reagan mit seiner Jugend auftrumpfen wird?»

«Das hat er bereits getan. Er ließ Präsident Reagan durch Boten einen Brief überreichen, in dem er ihn mit ‹lieber Onkel Ronnie› anredete. Da ging der Präsident an die Decke. Er kann es nämlich noch nicht einmal vertragen, wenn seine Enkel ‹Opa› zu ihm sagen.»

«Vizepräsident Bush hat Gorbatschow während Tschernenkos Beisetzung unentwegt beobachtet. Welchen Eindruck gewann er von dem Mann?»

«Wie Sie wissen, hat sich Mr. Bush zum Spezialisten für die Beobachtung sowjetischer Führer bei Moskauer Beerdigungen entwickelt. Er kehrte sehr beeindruckt zurück. Mr. Bush meint, Gorbatschow habe das Potential zum ersten Yuppie-Premier der Sowjetunion. Der neue Chef hat anscheinend Spaß an den schönen Dingen im Leben, und eine seiner Prioritäten ist, auch seinen Landsleuten mehr zukommen zu lassen. Wenn wir Gorbatschow dazu bewegen können, mehr

Perrier und BMWs mit Stereoanlagen zu importieren, glaubt der Vizepräsident, wird den Sowjets die Lust zur Eroberung der Welt vergehen.»

«Und Mrs. Gorbatschowa? Sollen wir ihr mehr Aufmerksamkeit widmen?»

«Sie haben keine andere Wahl. In der Presse wird sie schon mit Jackie Kennedy verglichen. Mrs. Gorbatschowa könnte ihrem Mann bei Auslandsreisen sehr nützlich werden. Achten Sie auf seinen ersten Staatsbesuch in Frankreich. Wenn er auf John Kennedy macht und sagt, ‹Ich bin der Mann, der Raissa Gorbatschowa nach Paris begleitet hat›, und einen Riesenapplaus erntet, sitzen wir tiefer in der Tinte, als die meisten Leute ahnen.»

Knast AG

Was Insider-Informationen von der Börse angeht, verlasse ich mich immer auf Simon Wallin.

Kürzlich rief er mich an. «Ich sage nur ein Wort», flüsterte er.

«Ich höre», erwiderte ich.

«Gefängnisse.»

«Gefängnisse? Was soll denn das für ein Börsentip sein?»

«Bald wird es mehr Privatgefängnisse als Privatkliniken geben. Freiheitsentzug ist eine Wachstumsindustrie, und Sie sollten einsteigen, solange sie noch jung ist. Gerade ist eine neue Firma gegründet worden, die sich ‹Knast AG› nennt.»

«Machen Sie mir doch nichts vor. Wie soll man an Gefängnissen Geld verdienen?»

«Durch gutes Management und Steuervorteile», sagte Simon. «In jedem Bundesstaat besteht ein unglaublicher Bedarf an neuen Gefängnissen. Die Bürger verlangen zwar, daß Verbrecher eingesperrt werden, weigern sich aber, für die Strafanstalten zu zahlen. So vergibt der Staat Konzessionen an Privatunternehmer, die sich ausgerechnet haben, wie man den Justizvollzug profitabel macht.»

«Das verstehe ich nicht. Die Regierung ist beim Einsperren von Menschen in die roten Zahlen geraten. Wie soll da der Privatsektor schwarze schreiben?»

«Der springende Punkt ist die Finanzierung der Gefängnisse. Baut die Regierung eine Strafanstalt, muß sie einen öffentlichen Kredit aufnehmen. Zieht eine Privatfirma den Bau hoch, wird eine Steueroase daraus.»

«Will man etwa Sträflinge in Steueroasen sperren?»

«Nein, in die Steueroasen kommen die Anleger.»

«Gut, ich sitze also in einer JVA-Steueroase. Und was geschieht dann?»

«Knast AG verpachtet sie an die Regierung und erhält die Erlaubnis, sie zu betreiben. Wir Investoren erhalten die Wertminderung des Gebäudes und einen Tagessatz für jeden Strafgefangenen, den wir beherbergen.»

«Ich bin mir nicht so sicher, ob ich an Leuten, die ihre Freiheit verloren haben, Geld verdienen will.»

«Sie tun damit den Insassen nur einen Gefallen, denn die Knast AG wird sie viel besser behandeln als im Augenblick die Bürokraten. Schließlich sind zufriedene Gefangene den Interessen der Firma nur förderlich. Wenn sie Geld verdienen will, muß sie auf Mundpropaganda setzen. Sobald Exsträflinge anfangen, in der Unterwelt Nachteiliges über die Knast AG zu verbreiten, verlangen erwischte Täter, in Konkurrenzanstalten gesperrt zu werden.»

«Gibt es da keine Interessenkonflikte? Nehmen wir einmal an, jemand soll zur Bewährung entlassen werden, aber die Knast AG weigert sich, ihn ziehen zu lassen, weil sie dann mit einem unbelegten Bett dasteht. Ich möchte doch keinen Menschen seiner Freiheit berauben, nur weil ich Angst habe, ihn als Kunden zu verlieren.»

«Was das betrifft, brauchen Sie sich keine Sorgen zu machen. Jede Strafanstalt in Amerika hat eine Warteliste. Die meisten Bundesstaaten garantieren Privatgefängnissen für die nächsten zwanzig Jahre eine hundertfünfzigprozentige Belegung.»

«Ärgert es die Insassen nicht, daß andere versuchen, Geld an ihnen zu verdienen?»

«Nicht wenn sie erkennen, daß Privatfirmen viel mehr zu bieten haben als öffentliche Institutionen. Knast AG baut die besten Sicherheitseinrichtungen auf dem Markt ein, damit keiner in ein Gefängnis einbrechen kann, in das er nicht gehört. Außerdem installieren wir die neuesten Sportgeräte, Kabelfernsehen, Werkstätten und Freizeiteinrichtungen. Die

Wärter haben Anweisung, jedem Häftling freundlich einen guten Tag zu wünschen. Die Insassen werden gebeten, durch Ausfüllen von Fragebogen, die in allen Zellen ausliegen, den Service unserer Anstalt mit dem in anderen Gefängnissen, in denen sie gesessen haben, zu vergleichen. Unser Ziel: Der Konsument, in diesem Fall der Strafgefangene, soll sich wie zu Hause fühlen. Nur so kommen Kunden wieder.»

«Auf dem Papier sieht das ja toll aus, aber ich verstehe immer noch nicht, wie die Knast AG alle diese Leistungen erbringen und trotzdem an einer Strafanstalt noch einen großen Profit machen will.»

«Ganz einfach», meinte Simon. «Anstaltskost ist, was man in Flugzeugen vorgesetzt bekommt.»

Château Coque

Auf der ganzen Welt gibt es nur drei Coca-Cola-Meisterprobierer. Einer ist Beauregard Cokely aus Marmaduke im Staat Georgia. Beau ist seit vierzig Jahren Hersteller und Abfüller der edelsten Coca-Cola-Kredenzen des ganzen Südens.

Sein Gaumen ist so empfindlich, daß es ihm vor meinen Augen gelang, bei einem Blindtest Coca-Cola, Dr. Pepper, 7-Up und Miller's-Lite-Bier voneinander zu unterscheiden.

Ich habe an Schlemmereien in Vier-Sterne-Restaurants teilgenommen, wo Beau nur sein Glas ins Licht zu halten brauchte, um dann exakt zu sagen, wann das Coke abgefüllt worden war, in welchem Gebiet, und, erstaunlicher noch, wie der Lastwagenfahrer, der es beim Supermarkt angeliefert hatte, mit Vornamen hieß.

Als Coca-Cola vergangene Woche die Einführung einer neuen Formel für das Getränk ankündigte, war es also kein Wunder, daß ich Beau ausfindig machte, um herauszufinden, was nun eigentlich genau vor sich ging.

Ich traf ihn in seinem berühmten Coke-Keller im Château Lafite Atlanta zusammen mit seiner Frau und seiner Tochter an. Die drei standen bis zu den Hüften in einem großen Bottich und stampften mit bloßen Füßen auf saftigroten Cola-Trauben herum.

Beau stieg aus dem Bottich und begrüßte mich herzlich. Dann bückte er sich, öffnete einen Zapfhahn und ließ etwas Cola-Sirup in einen Blechbecher laufen. Er roch, nahm einen Schluck, schwenkte die Flüssigkeit im Mund herum und spuckte sie dann aus. «Fester stampfen!» rief er hoch zu seiner Frau. «Ist noch nicht süß genug.»

Er reichte mir den Becher. Ich kostete und spuckte ebenfalls aus. «Höchst vielversprechend. Ein unbestreitbar ehrlicher Tropfen.»

Beau nickte. «Ich glaube, 1985 könnte es ein Jahrhundert-Cola geben. In Körper und Bouquet läßt es sich nur mit den berühmten Roten von 1931 und 1935 vergleichen. Endlich hat die Sonne Georgia geküßt.»

«Stimmt es denn, daß Coca-Cola nach neunundneunzig Jahren jetzt anders schmeckt?»

«*Geändert* haben wir den Geschmack nicht, sondern ihn *verbessert*, robuster gemacht. Anstelle des leichten, trockenen, perlenden Getränks, für das wir bekannt waren, erzeugen wir nun ein ausgereiftes, ausgeprägtes Cola mit mehr Körper.»

Er ging hinüber an einen Kasten Coke, auf dem «1984» stand. «Probieren Sie mal, wie sich das vom 85er unterscheidet», sagte er.

Ich folgte. «Nun, da Sie es erwähnt haben, kommt mir das 84er weniger gepflegt vor.»

«Genau. Um aus Coke wieder einen edlen Tropfen zu machen, haben wir diesem Jahrgang einen runderen, samtigeren und kühneren Geschmack gegeben. Wir lassen es in der Sechserpackung eine Woche länger heranreifen und die Bläschen in der Dose atmen. Dem Konsumenten soll ein ganz neues Erfrischungserlebnis beschert werden.»

«Gerüchten zufolge wollen Sie sich nur bei der Pepsi-Generation einschmeicheln», bemerkte ich.

Beau wurde fuchsteufelswild. «Es ist eine Unverschämtheit, eine Beleidigung, Coke in einem Atemzug mit Pepsi-Cola zu nennen. Pepsi besteht lediglich aus mit Kohlensäure versetztem Wasser, Zucker, Phosphorsäure, Koffein, Zitronensäure, Farb- und Geschmacksstoffen. Coke andererseits ist der echte Genuß. Bei ihm wird man immer Pause machen, weil jeder Amerikaner weiß, daß mit Coke alles besser geht.»

Beaus Frau und Tochter lehnten sich über den Bottichrand und guckten uns zu. Er schaute auf und brüllte: «Wer hat euch geheißen, mit dem Stampfen aufzuhören?» Sie hüpften weiter auf und ab.

«Beau, könnten Sie mir nicht verraten, was es mit der Coke-Formel auf sich hat?»

«Ich bin zu strikter Geheimhaltung verpflichtet.»

«Na gut. Nicken Sie bloß, wenn ich recht habe. Spielt das Stampfen mit nackten Füßen eine Rolle?»

Beau scheuchte mich mit einem Fußtritt aus dem Keller.

«Womit habe ich das verdient?» fragte ich.

«Sie kommen der Wahrheit beunruhigend nahe», erwiderte er.

Inhalt

Bestseller: Man nehme 5
Verbraucherberatung 8
Nebenberuf: Pädagoge 11
Ärger mit dem Heimcomputer 14
Lagerbesprechung 17
Ruf doch mal wieder an – mit Mordgedanken 20
Einkauf über die Unterschwelle 23
Hi-Tech-Jobs 26
Gipfelwirtschaft 29
«Heiliger Vater» 32
Das Geheimnis des Defizits 35
Pressegeheimnisse 38
Sally und Anja? – Geschenkt! 41
Der Gatte der Kandidatin 44
Als niemand zwinkerte 47
Ist da wer? 50
Endlich Durchblick 53
Heim zu Muttern 56
«... bis daß die Scheidung euch trenne.» 59
Zweierlei Maß 62
Der elektronische Schuldkomplex 65
Abrüstung 68
Der Schlüsselgatte 71
Weihnachten en famille 74

Zur Börse, Schätzchen 77
Operation des Monats 80
Wie hast du gewählt, Genosse? 83
Let's Have Lunch 86
Der Tod eines Handlungsreisenden 89
Der Vierzig-Millionen-Dollar-Mann 92
Liebes altes Ekel 95
Luftschlösser 98
Geheimoperation, publik 101
Argentinienhilfe 104
Sex und Vornamen 107
Wenn der Preis stimmt... 110
Das Ende der sexuellen Revolution 113
Kommen die Russen? 116
Die Stunde des mongolischen Siegers 119
Kein Auto unter dieser Nummer 122
Friß dich kränker! 125
Wenn die Bank platzt 128
Tatsachen-Reportage 131
Nathan der Unschuldige 134
Immobilien für Automobile 137
Niemand braucht arm zu sein 140
Gott und das Schulgebet 143
Michael Jackson: Knüller 146
Efrem Weinreb & Sohn 149
Was haben wir nur falsch gemacht? 152
Wahlmuffel 155
Familiäre Selbstkontrolle 157
Vorübergehend außer Betrieb 160
Monopoly 163

Beziehungskiste 166
Gesetze der Gastfreundschaft in New Jersey 169
Das Püppchen 172
Hausbesuch 175
Rotstift im Kreml 178
Die Bürgerwehr von Georgetown 181
Dinner für zwei 184
Selbstjustiz auf Rädern 187
«Ich bin im Himmel.» 190
Gorbatschow-Observation 193
Knast AG 196
Château Coque 199